贾平凹文选

长篇小说卷

妊娠

7

贾平凹／著　｜　作家出版社

目　录

《妊娠》序

　　作品愈来愈加重了现实生活的成分，这使我也感到吃惊，想想来，这全是我的环境所致，地位所致，也是我的生命所致。但是，对于严峻的丰富的又特别新奇的现实生活，我几度地晕眩、迷惑，产生几多消沉，几多自信，长篇里先是做《商州》，再是做《浮躁》，现在就是《妊娠》了。读者已经从这些题目上看出我不会起名的无能了，我确实不知怎么概括这个时代的现象、心理、情绪。过去流行一种"时代精神"说，往往是强调要怎么怎么的，总之是一种人为的硬加的，我的看法一直与之不一，认为这是"势也"。汉代国力强盛，经济必然发展，疆土必然扩大，皇帝就有了武帝，外交就有了张骞，连石匠刻刻石头也就有了霍去病墓前的卧虎蟾蜍，连泥瓦工随便捏个土罐，也就是个大度无比的汉罐。清末衰败，看看它的景泰蓝、蛐蛐罐、鼻烟壶也便知晓了。一个时代有一个时代的精神，在当时并不被大多数人体察的，过后则明了矣，而要写出这个时代，此时代的作家只需真真实实写出现实生活，混混沌沌端出来，这可以说起码是够了。

　　一位科学家给我讲授过四边形的力，由四边形的力衍义到龙卷风的形成。一位道士指正我看八卦双鱼图，说那不是平面的，是立体抱合的，不停旋转运动的。他们讲得很深，很玄，令我糊涂了又明白，明白了复又糊涂。我的一位乡下的嫂子却给我讲过她的妊娠，说其巨大的幸福和巨大的痛苦。"婆婆说'酸儿辣女甜秀才'，可我什么都不想吃，不知道我要生出的是什么人物。我一脸的雀斑，终日呕吐，身子也十分难看，但全家人都喜欢提说我，向来客介绍，似乎我成了皇后娘娘。不久我就患了一种病，医生说是妊娠中毒症……"

我曾经翻阅了《辞海》，寻出妊娠中毒症的解释，上面写道：妊娠期间，母体的内分泌系统、心血管系统、生殖系统和乳房都发生相应的变化，中毒症特征为水肿、高血压和蛋白尿，出现头昏，目眩，胸闷，甚至全身抽搐，神志昏迷。

由此我想，世上的事都是大悲伴随了大喜，无祸也就无乐啊！但不知乡下的大嫂在极端痛苦之时产生没产生过想将胎儿打掉的念头呢？

夜里阅读《周易》，至睽第三十八，属下兑上离，其《象》曰："火动而上，泽动而下；二女同居，其志不同行。"又曰："天地睽而其事同也。男女睽而其志通也。万物睽而其事类也。睽之时用，大矣哉！"我特别赞叹"睽之时用，大矣哉"这句，拍案叫绝，长夜不眠。也就在这一晚，灵感蓦然爆发，勾起了我久久想写又苦未能写出的一部作品的欲火。

之后长长的三月之内，我做着这部长篇的总体构思工作，几乎已经有了颇完整的东西，但因别的原因，却未系统地写出，姑想是一头牛，先拿出牛肚，再拿出牛排，又拿出牛腿吧，这就是先后在报刊上发表的《龙卷风》《马角》《故里》《美好的侏人》等等。我始终有个屏弱的秉性，待这些东西分别发表了，外人皆认可是独立的中篇和短篇时，倒不敢宣言这全是化整为零的工作，组合长篇一事也就再不提及。也就在这期间，结识了作家出版社的编辑潘婧同志，她是女性，颇具都市文明风度，在编完我的《浮躁》之后，就注视着我的这些长短不一的作品，忽来信说：这也是一部长篇啊！一句话勾动我的初衷，给了我勇敢，我真感激她。但是，当我整理时，已发觉这些长长短短之文在分别发表时地点虽在陕南而村名各异，内容虽为一统而人名别离。潘婧同志说：读者要看你的流水账吗？既是化整为零，亦可聚零为整，我要你的是整头的牛！好么，我牵出牛来，请潘婧同志，也请读者同志只注意这牛是活的，有骨骼有气血的，而牛耳或许没有，牛蹄或许是马脚，牛毛或许是驴毛，那就希望你们视而不见，见而不言破罢了。

贾平凹

识于一九八七年八月五日

第一章　美好的侏人

清晨，村口静悄悄的，一片霜。由西而东地经过这里的大官路上洁白，坚硬。落叶和草屑都潮湿了，风里托浮不起。骡马粪，一字行儿地遗在路中，以为是软软的，用脚一踢，硬，脚被弹回来，哭不得笑不得地十分难受。就在官路与村口交会的一株香椿木树下，横着条麻袋，一个侏人靠坐着勾起头一点一点，像念经一样，他已经睡着了。村子里几乎全体的男侏人，在炕上一掰开眼，伸手朝楼板上吊下来的柿子串上摘两个三个吃了，就完成了早餐的工作，再吸一袋草烟，心平气和地去山地上劳作了。因为这是一群侏人，他们的锄板挺大，锄杆却极其短，走起来四肢划水一样欢动，且左右摇晃不已。他们也看见了香椿树下的麻袋，和麻袋上打盹的侏人，觉得好笑，小小的戏谑之心上来，蹑手蹑脚地靠近去看侏人的睡相。睡相丑陋，牙龇着，垂流涎水，特别大的鼻子下两个鼻孔呈椭圆形。村人就将一小撮枯草插在里边。捂着自己哧哧发笑的嘴闪开，轻轻说："大鼻子为了他那口井，太劳累了！"就身心满意，散去了，各执其是。

大鼻子的侏人一直没有醒，在宁静的落霜的冬晨，暖和和的太阳开始照耀在了身上。

这侏人确实是疲乏不堪。十多天里，他忙活着凿门前的水井，井口开有筛子粗，深度已经到达十五丈，还没有见水。整个夜里他将从井里掘出的土石挑到村外埝畔去，黎明经过村口的香椿木树下，发现了一只狼卧在那里。他跑不动，也明白一跑动起来狼就会随之追来，便强撑了胆量，将挑笼筐的扁担噘噘地挥转着圆圈，但是狼并不惧怕，甚至没有动静，这使他吃惊不小，遂又深感疑惑。缓缓挪将过来，才看清原来是一个麻袋。

"谁将破麻袋放在这儿了？"他松了一口气，很快为自己刚才的举动大觉羞辱，"现在哪儿会有狼呢？多少年里狼早绝迹了哩！"

侏人用手摸摸麻袋，鼓囊囊的，似乎里边全装有草料。就坐下来拿他的火镰磕碰火石，欲明未明的晨曦中，有了飞溅的三粒火花。后来就点着火绒，吸起烟。

人是不能享乐的，侏人吸过三锅烟后，果然堕落，从心脏、胃和肝部的某一部位泛上来一股污浊之气，使他舒服地"啊"了一声，眼皮觉得十分沉，想瞌睡，就瞌睡了。

村子里一时杂乱开来，游狗在追逐疯咬，鸡在叫。女侏人们用篦梳篦下一些头虱后，端了尿盆在门前的麦地里泼，后来就提了芋头在门槛处刮皮，弄出一脸一胸的白粉点。狗已经不叫了，立等着孩子们下炕后在院子里的第一泡屎，吃罢了还伸出柔软修长的舌头把屁股眼舔得干干净净。

这时候，嘚嘚的骡马蹄声从大官路的那一头传来，如地心在敲鼓。麻袋上的侏人苏醒了。他惺忪的眼睛看见跑来一辆骡马车。前边的是两匹马，驾辕的是一头骡，滚圆膘壮，喷几团热气，那身上飘拂的热气在冷气中变为水珠，又变为冰花。车上却是空的，驾车人，一个老头，精瘦如柴，满头都是汗水，脸色蜡黄地跳下来了。

"乡党你好！"老头对着侏人笑，问候十分殷勤。

"好，好！"侏人说。

老头却迅雷不及掩耳地抓住了麻袋，甚至已经死死地抱在怀里了。

"这是你的麻袋吗？"侏人问。

"当然是我的！"老头凶狠狠地说，使侏人觉得诧异，"麻袋是装在车上的，遗在了这里，走过二十里了才发现丢了。当然是我的！"

侏人好笑，很有些瞧不起他的样子说："是你的你拿去吧，犯得着那么厉害吗？"

老头并没有答话，背过身去打开麻袋，似乎在清点着数目。转过身来的时候眉目竟是那么和蔼可亲，连声说："谢谢，谢谢！"几乎腿软下去，要给侏人下跪了。

侏人忙扶起他，说："有什么谢的，一条破麻袋子。"

老头却诡诡地笑，说："你瞧瞧。"

一麻袋的钱币，一百元一捆的，新崭崭的一万五千元巨款。

侏人顿时是傻眼了，眼前的世界为之改观。自己的老婆，比自己更矮的女侏人，每日清晨打开鸡棚捏住十二只母鸡捅屁股试有没有蛋要生下来，鸡屁股就是钱库。这一万五千元的钱票他没有见过，做梦也没有梦见到。这买盐，该买多少呢？买孩子吃的洋糖……

他真有些悔恨，怎么自己看到这条麻袋而没有想到麻袋里装的是巨款呢？这怪精灵的老头，竟想出在麻袋里装钱为伪装！为什么自己见了麻袋就会瞌睡了，专门是来守护巨款的吗？！

他木然地接住老头递过来的一根纸烟，看着把麻袋抱上车去，三匹骡马就十二条蹄腿翻碟似的远去了。

首先是在路旁扫落叶做柴火的一个侏人看见，后来是更多的侏人跑近来问情况。

"是一麻袋钱，一万五千元的。"他说。

"天呀！你就全交给他了？"

"啊。"

"啊？！"

侏人将火镰和烟袋在腰带里别好，鼻孔是痒痒的，一摸还沾有草。旁观的侏人也没有取乐他。他挑着笼筐回家去，操心井里挖出来的那些土石。

有人立即迅跑至山地，将消息传播给了劳作的侏人。劳作的男侏人回家又耳语给村中的女侏人。村中就骚动了，男侏人便怨恨自己没有拾到这麻袋，又讥笑打井的侏人没福，又愤愤不平赶车的老头竟没有送给拾麻袋者三分之一的钱，甚至二分之一的钱！他们就联合起来，几乎是不需动员，跑步从大官路向西去追赶那辆骡马车。

女侏人们则到打井侏人的家来。白天里，侏人已经下井掘凿了，她们在井口上叫侏人上来，安慰他，说许多同情的话。这侏人是很穷很穷的家，穷得和她们一样的穷。高高的门，门环安装得很低，锅台后，土炕下，都修有石砌的台阶。一嘟子苞米棒子吊在大梁下，为了防止老鼠，吊绳上系了偌大一束荆棘。屋角的石板柜里，堆着粪堆般大一堆芋头。

"咱这是什么命，做的什么事呀，一万五千元，那往后该吃什么？喝什么呀？！"

女侏人们直跺脚，在庭院里鸭子般地走动，为打井侏人叫屈，但这么鸣不平着，后来就不言语了，平静下来，呆呆地举头看起天空。天空很蓝，瓦片大的云，暖暖和和的太阳在正空照耀，热光扑面而来。

"这也好。"一女侏人说，"不义之财怎么能发得呢？凭良心安妥……咱这村子好仁义的。"

"这也好。"女侏人们都这么说。

她们望着侏人短短的胳膊，短短的腿，觉得这侏人可爱，做得对，若不这样，他一下子有了一万五千元的钱，这村子里还会这么和和气气吗？钱是人造出来的，钱多了反过来要害了人。口大气粗，在家里就打老婆，骂孩子，甚至闹到重新倒腾老婆，去赌博。现在不能抽烟土了，就酗酒，勾引别家的媳妇女子……女侏人们几乎觉得这被勾引的媳妇女子就是她，是我，是你，是她们其中的任何一个人了。

……半夜里，沉静静的，听得见村外的猫头鹰在叫，一声声如鬼。门就轻轻在敲。隔着窗棂一看，果然伏在门板上是他，穿一件挺括的蓝制服棉袄，一条裤子，前边是开口的。她们不知道怎么会开了门让他进来，看见他从怀里掏出一沓钱来放在枕席上，他就说许多让人脸红的话，脱鞋上炕，在说说笑笑的不知不觉状态下干完那一件事。

"你怕你男人吗？"他说。

她们不知道怎么回答他。

"不怕的。"他说，"我是有钱的，我会再给他钱的！"

这是女侏人们在自己的男人没有回来之前的想法。吃午饭的时候，男人们回来，懊丧两条腿追不上三匹骡马的十二条腿，赶车的老头逃之夭夭了。他们很气愤这打井侏人的窝囊，拾到了钱竟又让别人拿走了！一生中能碰着几次钱拾呢？他们就觉得自己的女人不该来安慰这呆子，拉着回家去。

女侏人在外边是听男侏人的话的，一进了各自的家门，男侏人就做了女侏人的奴隶，儿子，孙子。

"你追那老头干啥？"女侏人质问，"要人家给钱？给多少钱？钱要回来，打井的要分，你们追要的人要分，能分得公平吗？要闹事红脖子涨脸，亲不是亲，邻不是邻吗？！"

男侏人皆是粗糙之人，面粗糙，心也粗糙，听了女侏人的言语，就默然称是，觉得到底是女人比男人想得周到而长久，心火顿消，有幸没追上那赶车的老头。

几乎是同时，所有的男侏人都到打井的侏人家去，发现了良心，自感到羞耻，为了那么一点钱险些坏了这个村子人的仁义。他们看着从井里土蜘蛛一样脚手并用爬出的侏人，发觉他已不是侏人，有长长的胳膊，有长长的腿，很高大，很美丽，应该选做族长，或村长。

"你做得对，应该把钱交给那老头！"他们真诚地向打井侏人祝贺了。在暖洋洋的冬天的太阳普照下，你看着我，我看着你，然后憨憨地都笑起

5

来。他们终于避免了一场分裂，杜绝了打井的侏人或者所有侏人中的某一个罪恶的产生。他们为他们的人生和生活在他们这个村子的长久和谐而庆幸。当然，去追赶赶车老头的那些侏人毕竟心底残留着阴影，为阴影的笼罩而要进一步补偿打井的侏人和忏悔自己的过错。

"我们帮你打这口井吧！"一个这么说了，全体都赞同。

男侏人们就轮流着下井坑中去挖掘。井底的工作很艰难，头抬不起，腰伸不直，他们就尽量收缩着身子。原本是很矮小的人，已经缩小到如一个球状。就这么一镢一镢往地心中深入，将汗滴进黑暗的一个世界中去。女侏人们也主动前来，帮着拧井绳。这口井要打到四十丈才能见水，井绳就得拧出四十五丈或者五十丈。她们从各家拿来麻、羊毛，合伙搓成单股，再将单股拧成酒盅般粗。井绳完全拧成后，女侏人们和男侏人们全跳跃开来，欢摇着双手，像一群得意的鸭子，有人就各扯了绳的一头，将所有的侏人都围在其中。

打井侏人的家门口，一派融洽和平的气氛。主人颇觉幸福，要给帮工的人吃饭。饭是苞谷糁糊汤，酸菜。大家吃得十分开心。

"喝凉水也是甜的！"有人说。

主人就说："井是大家帮我打好的，往后吃水都来这井里打啊！"

打井的侏人这么说着，就想起了赶骡马车的老头。他感激村里的乡邻，也感激那老头，是老头使全村的侏人这么美好，有这么重的人情味。

"那老头怪可怜的。"他突然伤感了。

"老头是够可怜。"所有的侏人都伤感了。

在他们的想象中，老头不知做什么生意，受千辛万苦，赚了钱又怕被歹人抢劫，故意装在麻袋里。麻袋又丢失了，虽然找着，却不知急得怎么个狼狈，折几年的寿命。钱拿回去了，他一定会打老婆的，闹离婚的，勾引人家女人的，结果被勾引的女人也变坏了，与自己的丈夫离婚，嫁给老头，老头那么大岁数，又得筋疲力尽，那女人就又以老头的钱勾引别的男人，发生用老鼠药或者用麻绳弄死老头的事。

打井侏人想起老头见到他和麻袋时的举动，为老头可笑可悲，长长地叹了一声。

第二年，这个村子里的侏人吃着四十五丈深的井水，正活得自在，由西而东的大官路上来了政府办公的人。宣布这个地方水土不好，人生活着就只能是侏人。为了改良人种，强迫着他们到指定的地方去分散居住。侏人们当然是听从政府的话的，但他们从心底里讲是否定政府办公人的判断的，他们真舍不得离开这个地方，离开这个村子，离开生活得很和谐的乡亲邻居。临搬走的时候，都站在大官路上回首着，一步一徘徊的，甚至流下热泪。他们相信，在以后许多许多年里，大官路上往来的行客经过这里，看见这座村子，看见那一口水井，就会说这曾经是一个多好的村子，村子里住过一群美好的侏人。

第二章　龙卷风

一

据说北京城里有一个未名湖。湖畔是高等学府，出了许多文士名流。无独有偶，陕南×地也有个未名湖。湖畔有一簇村，村里几宗姓氏：赵、钱、孙、李、周、吴、郑、王，只是没有几个识得文墨的。北京的湖以未名而有名，是故意的。这里的湖确实是没名，也就未名。这如当今流行郑燮的"难得糊涂"一样，家家中堂要高悬一条幅。郑燮由聪明到糊涂，乃大智者若愚。有些人则原本糊涂，还要糊涂，就一塌儿地糊涂了。

这湖面积不大，水很深。舀起来极清亮。在湖中便碧了，像书上讲的玻璃水。到南岸龙山下，水终年却是发黑。月夜里乍一看，岸上是亮的，湖里又是暗的。

村人的感觉，天上的太阳和月亮都是出自于湖中，像两个系着的葫芦，一个按下去了，一个就浮上来。日月的出没，其精神焕发于湖水的洗濯，就启发湖畔人到湖里沐浴。以至于好多人死于水中，也有好多人懂得解救落水者的方子。最能的要数"老军需"。他有一个偏方，是一包药末，只要抹在溺水者的鼻尖，肚里的水就哇哇吐出来。但是，使"老军需"头痛的是，那些因家中纠纷置气而刻意要死的妇人，不死在崖上，不死在绳上，"扑通"扑进湖去。扑进去身上还要缚一块儿石头，所以等人发现，什么方子也救活不得了。郑家的大儿媳，据说是秃女过门的第二年，妯娌不和，气迷心窍，就那么扑了湖。村人先以为跑出山了，后来见湖里鱼很多，终一日有尸体漂上来，人已经成了骨架，人肉全做了鱼饵。从那以后，村里人是不吃湖里鱼的。到后来这里办了渔场，声势闹得天摇地动。那当然是后话，在此不提。但即使这鱼产得如何多，也都是运到外地的。当地的孩子到这儿捉鱼，一律皆玩。一是喂猫，一是逗狗，一是剖开鱼腹，取出那小葫芦状的浮漂，"啪"地在手里拍个脆响。

古书上讲：雾从龙，风从虎。这话是对的。湖对岸的龙山常年被雾绕着，有时看山很肥，有时就瘦得可怜，且没根没基的，像是天外飞来，又像是欲飞天外，但龙山顶上云一出岫，如丝如缕，正令人看得欲仙欲死，村后的虎山上就要起风。这风很辣。冬天里不必说，春季里也硬得冲，有湖上的鸟儿飞过来，常羽毛反卷，乱了队形。故虎山少生树木，有树木也皆侏儒种。有外地人来看一丛蒿蓬，当然是些有空闲多幻想的文明人，就要说这是一片原始森林，惊异不已，有挖了回去做盆景玩赏的。

湖里有几叶船，极简易的。有两个是很薄的木板用钉子钉成，有三个是朽空的老弯柳掏了心所改制。这是每年为四月五日备用的。湖畔的男人都会水，用不着以船代步，女人们虽也识得水性，但四月五日不能脱光了身子在湖里出没。这船就让她们坐着，用扬场的木锨划动，把无数的水的漩涡儿一溜儿拨到湖心去。

四月五日，也就是祭龙节。

陕南的风俗自有不同于别处的规定，除了通行节令之外，各村有各村的"社会"。这湖畔村的"社会"就是四月五日。外村"社会"，只有亲戚来往恭贺；这村子"社会"，很远的人也要赶来看热闹。因为这湖里有一个石岛，石岛下有湖的源眼，源眼里四月五日往外出鱼。多则出十条八条的，少则也出三条四条。没有一年会不出的。这就奇得有些邪乎，但事实如此，观者莫不叹为观止。

鱼是从哪儿来的？谁也说不清。赵阴阳在世时，曾讨问过，赵阴阳说：人是哪儿来的呢？他也说不清。

湖心的石岛，见方只有四五米。呈鸡心状，深赭颜色，枯枯皱皱的，似乎当年是豆腐，又曾被布包揉过一样。水汽在四壁蚀锈，形成许多图案，如同雕饰，很有现代派艺术的味。村人不懂艺术，更不知什么现代派，也便没有人来剥凿，也没有临摹的。在石岛北边有一隙，水石相搏，嘭嘭而响，音韵美妙如人在瓮中。这便是湖的源眼，久经长年往外溢水。据说这源眼一直通地下的海，四月五日的鱼会不会是海鱼呢？

绕西边，石岛有一石阶。款款一百四十三台，可到岛上的草亭。那里供着一个龙王，人面蛇身，两只眼睛凸鼓，是瓷烧的，黑黢黢地骇人。

四月五日天明，村人就都要起来烧纸，放鞭炮，然后男人们用红布围了太字里的一点，浮水往石岛去。女人们则拿了贡献之品坐船而往。当年的赵阴阳做领头的。他前一天夜里观了天象，说今日山风不起水波不兴，果真风平浪静。他要说今日有风，果真是几股风从虎山條忽踏过湖面，一时水涩舟胶，女人们奋力划浆也无济于事，男人们就浮到船头，牵着船绳而行。这时分，女人们就一边哧哧笑，一边撒纸钱，漂面角儿。面角儿说是贡龙王的，鱼却尾船而至，唧唧声不绝。一见到那些黑脊梁的生灵，女人们就神色严肃，想着那郑家大儿媳的骨架。但谁也不说出口。

上到石岛，来人一一去草亭前磕头祈祷。各人有各人的心思和内容，言轻得只有自己听着，当然龙王也听着了。正午的太阳炎红，湖面上经纬起无数的方格。每一方格里跳跃一颗金星，使人产生一种极乐世界的感觉，有女人突然间会思想到郑家大儿媳的死并不是一种悲惨。后来，人们全匍匐在亭前的石皮上，默而不动。听风和湖水在石岛下的咬噬声，听偶尔一两声水鸟声，再后就各人听自己的心跳。如此静伏一个晌时，样子极度滑稽，犹如爬出湖水晒盖的甲鱼。一條水面起了蓝色的水雾，人方齐到石隙左右。那里已有两个人持了长长的捞兜，在等待湖源眼里银白白的东西出来。

这就犹如心急的男人守着产妇看儿子分娩。等连鱼带水瓢泼出来一条，人们就欢呼一下。他们只关心鱼出来的数目，出来了，人人观看一番，又于湖里放生。这规矩使远处来看热闹的大觉可惜，男性的就一群一伙地在湖里追鱼戏闹，女性的则在岸边彼此呼喊。各色人等姿态皆有，是湖畔村子最不荒寂的时候。

到后来，村人分散回去，怀一颗满足心理下厨做饭烧菜，款待外村来的亲戚。而无亲无故的来人，则有的顺路去"老军需"家看医生。"老军需"已经弃医不干了，接替的是他的女婿，医道已是相当高深。有的则携了酒，三五一伙地野餐。把空瓶子摔在田埂上，明晃晃一堆碎玻璃，有的则诡秘地去串家游户，去收购"金银活儿"。如今湖畔村的"金银活儿"很少了，于是这些人就到虎山的某一坳去，玩"十点半"赌钱，输了赢了，输输赢赢。

未名湖上一时间十分安静。

而村左下方的虎山根下，却热闹着又一种世事。这里柏树丛丛，荒草萋萋，排列着好大一片坟茔。未名湖畔的村庄几经翻修，又几经破旧，仍然没有大的扩展，人口以十五年来老死一人新生一人而保持平衡。赵钱孙李周吴郑王的人家全都失存了家谱，坟茔却保留着一宗一氏的接续历史。在这坟丘与荒草之间，游狗在交媾着。那些并没有走去的外村年轻人，男性以恶作剧取乐于女性，将交媾的狗四下撺打，使四脚兽全变成八个蹄腿捉对儿厮跑。

女性们脸红，便集到坟茔后的樱桃林里去。樱桃正挂果，一树繁珠，馋人眼口。坐在树上的郑家老大先是看见有人在湖中偷偷钓鱼，甚是气恼。钓鱼是犯湖畔村人忌的，尤其在四月五日。但老大虽然痴呆，却明白这些钓鱼男人与女性们有关，为了能多看到女性，也不去干涉钓鱼的了。待女性们到了樱桃林下，一起叫说：樱桃真鲜！待动手去摘时看见了他，样子凶恶，倒吓住了，说："这樱桃卖吗？"老大说："不卖。"他虽然说得很柔和，女性们听起来，还是怯怯的。且十分遗憾，一边看着树枝头，一边要走过去了。

"不卖。"老大又说了一句，"要吃可以给你们吃。"

女性们就驻了脚，疑惑地看他好久，突然像蝗虫一样扑到树下，不迭气地摘了往口中撂，竟有双手扯着树枝的，只拿嘴唇去吞樱桃的。老大看着便十分地乐。古书上曾写过女人吃樱桃的情景，说是"一时不知樱是唇呢，还是唇是樱？"老大不识字，没读过古人的妙文，但这种感觉老大也是有了，因为他嘿嘿地笑个不够。

女性们先是害怕，以为老大是流氓坯子，后见他光笑没有下流举动，遂近来逗他取乐，用一根树枝戳他的胳肢窝。老大就笑得发软，瘫在地上，其可笑样犹如一头黑猪经人抓挠就立即四蹄卧倒地酥软了。

结果，樱桃林被抢劫之后，女性们全走了。日近黄昏，未名湖四周已全无外人，老大不免怅然若失，快快返破屋睡下，作想：这些女子怎么都长得一个模样呢？但具体什么眉眼，又想不全面。这时候清楚的形象倒还是丑丑。

"明日是该去看看她了。"

照例，这一夜老大梦见了花。花是植物的生殖器；依照弗洛伊德的论点，人是有潜意识的。老大不懂得这些，村里人也作践他长了那副阳具是聋子的耳朵，是肉增生。但谁能知道老大的潜意识里还有这桩美事呢？

12

二

四十年前，赵阴阳死了。家里人哭声价天，他忽闪忽闪睁开眼睛又活了。活着又活不旺，气如抽丝，汤水不进，身上生出虱来。其实不是虱，是一种小白虫，撮也撮不及的。有知道的人就说这是因阳事牵挂上不了阴路，便偷偷让儿子将衣服用拐杖挑起，挂到二十里外镇子上的城隍庙去，并将曾缠过他中指的彩花绳放在判官堂前。那堂壁上写着墨字：你来了！儿子替老子去报了到，但赵阴阳还是两天内不闭眼倒头。赵阴阳是在等待什么人吗？儿女全都在老人身边，跪着说："爹，你放心上路吧！"接着又呜呜哭。这哭声很大，很悲哀。赵阴阳或许是听见了，微微又睁开了眼，且说了话："秃女是回来了！"家人皆大惊。秃女是村口孙家的小女儿，自小头生疮疤，发毛稀疏。急差人去孙家叫秃女。差人到村巷，就遇着一头毛驴嗒嗒走来，驴背上倒骑着秃女。秃女方七岁，是半月前去外村舅家的，这时刚刚回来。差人就奇怪赵阴阳怎么知道秃女回来了？他死不瞑目等待的就是这七岁幼女吗？！

秃女被背到赵阴阳床边，赵阴阳牵着秃女手，声音很大地说："你不要走，你瞧着我入棺成殓吧！"说罢，喉咙里痰咕嘟了一下，双目闭上，腿一蹬就咽气了。家人连忙视秃女为贵客，不让她离开灵堂，忙乎为死者洗身梳头穿衣戴帽。至第三日，众亲广戚都来哭丧过了，就抱着秃女在旁，于棺木中放了柏朵，再放了灰包。赵阴阳那时家大名盛却并不豪华，生前就叮咛棺木里不要放银元首饰一类殉品。他就被家人放在灰包上盖棺了。

这事很奇异。村人皆不解其中原因。事后许多日月提起这事，倒觉得赵阴阳精明一世，滑稽一时，充了可笑角色。

赵阴阳的女儿心中有数，想爹必定有何预测，但她不说出口来。七年前一个夜里，爹观天象，沉吟道："明年成黑豆啊！"她偷偷记着，这夏里地里就没种苞谷，全是播了黑豆。果然，别的庄稼此年皆无收，黑豆竟大获丰产。村人惊奇，赵阴阳也惊奇。问女儿怎么知道今年只成黑豆？女儿说她是偷听了爹的话的。赵阴阳倒训唬起女儿来：天机怎么能泄露呢？

四十年后，赵阴阳的尸首或许已经化为泥土了。坟墓上的草很茂，又生了一种带锯齿刺的蓬蒿。这蓬蒿形如球状，秋天里开茸茸白花，孩子们采不着那花，花排列成圈，犹如生者贡献的花环。儿女们当年埋葬他时，将哭丧柳棒随便插在坟头，没想那柳棒竟成活，至今是郁郁葱葱几株大柳了。柳上住着一对斑鸠，一雌一雄的夫妻，日夜啁啾。

七岁的秃女已经人到晚秋。头上虽然没了疮疤，但发毛依旧稀疏，裸露着红红头皮。终年包一块儿帕帕。她并没有远嫁外村，跟了湖畔村郑家的人，且生养下两个儿子。儿子皆一字连眉，双旋，发密色黑，乱如杂草。四十岁的时候，男人害痨身死。两个儿子已经成人，力气和饭量超群，喜欢生事斗殴。秃女管教不下。先哭哭啼啼，自怜命苦，后寻思：现在是太老实没出息，不安分的倒有所作为。便不再理会，任儿去随心所欲。

秃女除了田里做工以外，清早起床极早，抱一把扫帚去山根湖畔树下扫集落叶，以备炊柴。傍晚就挎篮出外剜野菜。家境贫，茶饭总是做得稀，两个儿子饭时就和娘吵，说："一天三顿都喝稀，活着吃不上一碗干饭吗?！"娘说："吃饭穿衣看家当啊！"儿子说："吃，吃了上顿再说下顿吧，走到啥时说啥话！"自己擀面烙饼。吃饱了，狼一样嗓子唱——

小伙长到二十五，
裤子破了没人补。

但老二却有一套本事，拉一手好二胡。湖畔村的人皆不识乐谱，弹奏乐器全是师傅口传手授。郑老二的师傅是刘林子，刘林子是粗人，却有过耳不忘的功能，将《辕门斩子》的戏从头背到尾，会吹唢呐，会拉二胡。郑老二只学会拉二胡，自刘林子死后就剩下他一个人常在家里自乐。郑老二拉胡琴有个规律，村里人很快知道了，但凡一听得琴声呜呜咽咽，就是郑家又没吃的了，少不了引诱孩子们去听热闹，各自带了米、面、红薯和萝卜。

或许谁家红白喜事，请他去拉琴。吃得酒肉，末了还记得秃子老娘，他一跷大拇指说："带几片肉，让我母也享享口福！"郑老二将娘不叫娘，我母，他称呼得特别庄重，有一股匪气。

不知从什么时候起，这两个儿子干开伤天害理的营生，夜半三更偷偷去盗墓。十有十次，获得好多值钱东西。家境稍有好转，厕所里丢有很大一堆空酒瓶子。秃女先不知儿子哪儿来的钱，常见有陌生人到家来，儿子就将娘支应开了。后村里纷纷传说谁家老祖宗的墓被盗了，骂天咒地，扎了纸人在村口槐树上吊着，满头满身插了针刺。做娘的就怀疑是儿子作的孽。

果然证实了。要拉儿子去被盗者家里赎罪，儿子黑了脸，说："我们赚来的钱，你也吃过喝过，你就是同案犯！"

秃女说："是我揭发的。我怎么生这狼虎？！"

儿子说："你去报案吧，政府杀了我们头，你死了谁埋呀？"

秃女没有去报案，两只眼睛从此睁一只闭一只。到后也就保密。一日，郑老大说："听说咱村有过一个赵阴阳的，是个大能人。他的坟里能不埋值钱的货吗？"儿子打问赵家坟地里哪一座是赵阴阳的。

秃女骇绝，遂记起四十多年前的往事，说："谁的墓可盗，赵阴阳的盗不得。他死时，我看着入殓的，棺木里一件值钱的东西都没有，尽是柏朵和灰包！"自此，方明白赵阴阳死时等待她的缘故，说知给儿子。两个儿子虽然性恶，但赵阴阳四十多年前就预测到他们的作孽，也顿时胆战心惊，魂飘魄散。第二天，郑老二就夹了胡琴出门远去，一走了了。郑老大则害了一场病，病好后人变痴傻，但力气还是蛮力气，饭量还是好饭量。

三

要说到钱一仁，是个知青，陕南×州城的人。下户插队到湖畔村时，同舍有三人。二人是干部子弟，游手好闲，胡作非为。一夜，二人邀一仁去偷农家鸡，一仁拒绝，二贼子蹑脚靠近农家鸡圈，以手电光直射鸡眼，又以小木板搭在圈门，鸡被电光照射，竟不吱一声，乖乖踏木板出来，二人端木板一次便偷得三只。第二天，一仁告知农家，农家闹事，队长罚了干部子弟五元钱。从此三人恶眼相视，分舍另灶，不再往来。第二年，干部子弟皆招工入城，一仁还留在乡里，三个月回去一次看望老爹。爹是食堂师傅，父子少不得骂一场天下世事，抹一颗两颗大的泪珠。

一仁是阴柔之人，一派内秀，且生得明眸皓齿，很得村人喜爱，四时八节总被人请去吃喝。一仁逢人说笑，独自时却寂寞袭心，苦想不出回城妙法。

一日，到"老军需"那儿看病，闲谈起来，说："唉，有权有势的都招工了，只留下我还在农村受罪呀！""老军需"说："你才来了几天，就感到从城里到乡下是受罪，那当农民的怎么办，天造的世世代代受罪吗？"一仁听之默然，知道失言，遂往后再不多言半句。

入冬，未名湖结了冰，白花花一个玻璃世界。村里的孩子们全上去玩耍。城里的孩子没有冰场有旱冰场，脚能踩小铁轮滑动，湖畔村的孩子有冰场却不会滑，将小凳子反放上去，人坐着推着跑。狗也到冰上来，狗往日是白的，一到冰上就成了灰的。钱一仁在岸头看得有趣，也多少忘了心中烦闷。

一连三天，虎山上的风刮得很毒，冰又厚了一层，一直冻到湖心石岛去。就有好多孩子和不会水的女子到岛上去瞧风景。到后来，冰层渐渐融消，石岛根处很薄很薄，就有人将一块儿木板在那里横搭着。这一黄昏，一仁独自到了石岛，瞧着木板，忽然想起一件事来，后来就走出冰湖坐在岸上抽烟。恰这时一群孩子又到湖上，大呼小叫地要上石岛去。领头的那个大女子第一个上木板，正走到木板中央，木板却翻了，大女子"哎哟"一声掉下去，木板下的薄冰就裂了，登时不见了人影。孩子们都惊呼起来，一齐喊救命。那情景就像是罗盛教当年的情景。钱一仁也就学了罗盛教，飞跑而来，立即就下湖捞人。

冰下的水刺骨，一仁跳下去浑身就麻木了。他憋足一口气，很快触到了落水人。落水人发觉有可攀扯之物，死死扼住不放，一仁就被扼沉水底。一仁会水，知道这么被扼住，不但救不了人，自己反还得溺死，就用脚狠踹落水人腹部。落水人死一样不动了，他抓住她的头发，浮上来。这时，冰上已经站了好多村里赶来的人，拿两条棉被各自包了，飞也似的向村里去。

等钱一仁用酒擦了身子，喝了生姜胡辣汤，身子暖和起来，才知道自己救的是"老军需"的独生女儿，名字叫阿媛的。

那年月是英雄辈出的时代，湖畔村还没有见过活生生的英雄，村人就极感激一仁，甚至大为激动。他们容不得对他们仇恨，却也受不得一点恩德，就将这事汇报给公社，公社的知青干事又报功于团县委。钱一仁从此是一个先进，一个典型。三个月后，他已经填好了表，准备招工进城了。

钱一仁活该没有进城的命，这时候他的老爹在城里喝醉了酒，当众骂知青下乡的政策是黑政策，骂现在当官的共产党是国民党。在场的人全都呆了，接着脸就封黑，当一人说："他说反革命话！"众人就立即扇他的嘴，七扭八扭，扭到派出所去了。

钱老爹酒醒了，他已坐在牢里。他用不着再给别人做饭了，吃着别人做的饭，一天两顿，一顿三两，长舌头伸出来将空碗舔得一颗苞谷渣儿也不剩。

钱一仁又恢复了他以前的钱一仁，似乎还今不如昔。那张招工表，成了一个笑话，被公社的知青干部卷吃了烟末。他和爹断绝了关系，永没有去探监，但邻村的知青一批一批都进城了，永没有他的名字。一晃，已经是二十三岁的人，嘴唇上有了茸茸的短毛。

阿媛十八了，长成细细的腰。嘴喜欢噘，一噘，眼睛就似乎斜竖起来，拉出一条眯线，很狐很妖的。她常到姨家去，回来了也到一仁的房子来。

她忘不了一仁恩人，帮他烧饭，洗衣服，然后说：

"你怎么不读书呢？"

"读书？"一仁就苦笑了，"读什么书？"

阿媛说："我表哥家书好多，表哥读砖头厚的大书呢！"

一仁看着阿媛，似乎阿媛在变了，她的胸部很高。

"我爹有书，你也不看吗？"

阿媛抱了"老军需"的一摞书，尽是《男科土单验方》《妇科土单验方》《小儿科土单验方》，每一册上注有"武氏五世祖传"。

一仁说："哎哟，这你爹能让我看吗？"

阿媛说："你是我的救命恩人啊！连我表哥都说要来谢你的。"

但一仁合上药书，还是让阿媛拿回去了。

阿媛似乎生了气，好久不来见一仁了。但"老军需"却感念一仁忠厚，倒主动来找一仁，说："你是个心术正的人，我真想把医术授给你，你肯跟我学吗？"一仁想说：我在校数理化好，想将来做工程师。但他知道这是白日做梦了，就看着"老军需"，突然流下热泪，跪下了。

一仁能静下心来读医书，他聪明，背过了许多土单验方，会治了阳痿早泄症，癞疝症，产后无乳症，骨蒸热症，青带常下症，四溜风症，阴火牙痛症，遗尿症，红白痢疾症，阴阳脱发症。甚至也掌握了定生男孩的种子汤：白檀二十克，白蔻仁六克，天南星十克，白茯苓九克，紫河车六十克。但具体服用法，"老军需"没有传授。钱一仁并不急躁，也不逼问，也不擅自在外行医，伏低伏小，乖觉如可爱小兽。

阿媛有半年都在姨家。忽一日回来，气色极不好的，在家摔碟子砸碗。一仁疑心阿媛是嫌自己在她家来往过甚了，有几日亦不再来，来了，"老军需"留着吃饭，也嚅嚅着，不知是走是留。

"老军需"说："一仁，就在家吃吧，让阿媛烧几个菜，咱们喝喝酒，我有话对你说的。"

酒桌上喝得微醉，"老军需"说："一仁，你爹最近有消息吗？"

一仁说："我没有爹。"

"老军需"说："断了关系也好，你还年轻，前途要紧。你没找找县上，让他们招工你吗？"

一仁说："我是没希望了。"

"老军需"说："不招工就不招工吧，你跟我好生学，有一门手艺，这世上也饿不死的。"

一仁就垂下脑袋，抹眼泪，说："我伯能看起我，是我的救命恩人啊！"

"老军需"说："你才是阿媛的恩人。如果你不嫌弃的话，我想招你做我的女婿。""老军需"说罢，就拿眼睛看着一仁。

一仁心里好不慌。阿媛虽不是城里人，阿媛却有一股味儿，定得住神，牵得住魂。一仁回城已经无望，在湖畔村势单力薄的，如今有投靠的窝儿生自己的子，续祖宗的根，一仁只是喜昏了。

吹吹打打，一仁便被武家"娶"进门了。

"老军需"把他的全部医书交给了一仁，把所有的土单验方交给了一仁。"老军需"学医不是科班，全凭的这些书册，就等于把饭碗子全交了。一仁随之行医，知道了定生男孩的种子汤，是将那些药共面，男女各吃一半，每早或晚吃六克，禁忌房事一月，待下月月经过去第三天后性交，不但怀孕定生男孩，如将那些药再加益母草三十克，又是定生女孩。

小两口自己第一胎就生了男孩，叫毛旦。

结婚初，两个人之间似乎还隔着什么，两年后，情意深沉，为村里夫妻楷模。他们很喜欢散步，黄昏里双双绕湖畔走，到樱桃林里去，到森森的苞谷地中间的土路上去。村人先看不惯，后认为钱一仁是城里人，阿媛又是常到姨家去，姨家都是工作人，人家习惯这些，便不再说什么了。夜里郑老二一伙喝酒和玩牌，拉了一仁，玩到半夜，一仁就要回去，说："不行，阿媛在家等我哩，我不回去她不会睡的。"郑老二就嘲笑他是老婆的乖娃。

一个夏天，两人散步在村外小路，路两旁苞谷都一人高，密如茂林，夹得那路像一条甬道。没有人，两人交了个口。阿媛说："你舌头这么短！"

一仁问："还有比我舌头长的？"

阿媛略停了一下，说："没我的长。"

恰这时甬道尽头那一片光亮处，蹲着一人大便。阿媛就又说："你能说那人是工作干部还是农民？"一仁说："谁知道？"阿媛说："看他过会儿用什么擦尻子，用纸的就是工作干部，用土坷垃就是农民。"湖畔村近一半年，常来些陌生的工作干部模样的人。

两人悄悄走过去，大便的人发觉了，则立即提上裤子而逃。逃了的是郑家老大。

四

郑老二出走了以后，二十里外的镇子上蔓延着一种说法——

未名湖后的一个地方，也就是湖畔村坟地往虎山深坳去的洼地里，突然间在一个时期有好多人在那里集会，天一苍茫就开始。那里据说曾住过一户人家，但四代传一，人丁不旺，第五代不到婚娶就死了。从此没人再去居住，屋院倒坍，生就着奇形怪状的柏树。现在一下子有了许多人，热闹得像是过什么"社会"。湖畔村的郑老大首先发现了，一传十，十传百，大家都觉奇怪，走去看，果然不假。那些人都办有小货摊，在搞交易。看模样装扮，像是土著人，又全不认识。问其籍贯姓氏，亦支吾不答，只是叫卖，卖的有镜子，有盆子，有罐子，盆罐的式样很古怪好看。也卖妇人头上用的簪子、耳环、手镯，男人用的烟嘴、瓷瓶，好碗好筷、火盆、酒壶。价钱都极便宜。货品便宜，但湖畔村人并不富裕，粮食还够吃，钱却老紧缺。卖货人就说："没钱可以以物易物。馍饼可以换，水果可以换，熟鸡熟鸭猪头肉也可以换。"村人想,未名湖里产鱼,湖畔人不吃鱼,问用鱼换不换?卖货人说:"什么吃食都可,鱼不要。鱼有腥味,又有刺,我们不是猫!"

第二天夜里,村人就去买卖,用钱买的少,以馍馍鸡鸭换的多。交易成交,皆大欢喜。这消息就传到附近几个村,夜里市场又多了人多了热闹。

买了市场的东西回来,放在箱里、柜里。一天正常,两天正常,过罢十天看时,那货物全成了旧的。镜子已不为玻璃,则是铜,且生满绿锈。盆子罐子全不是瓷的,是瓦的。村人皆大惊,以为卖货人会魔术,上当受骗。说给郑家兄弟,让他们起头去殴打教训。郑老二却叫道:"这不是现代的东西,是文物呀!"遂拿去让外边人鉴定,果是文物,珍贵异常,被人收买去,落得几百倍的价钱。

湖畔人方明白他们上的是鬼市。

有利可图,鬼也是不必怕的,且市场上的卖货人言语和蔼,态度诚恳。村人就开始涌向市场,大肆抢购。市场上的盆盆罐罐日用首饰之类日渐减少。这些鬼就抬高市价,由原来的价翻到一倍,又翻到五倍。村人见价高涨,就使出人的聪明,将馍馍里边包上石头,体积大,又见分量,在麦粉凉面里掺上苞谷粉,再掺上榆树皮粉,橡子粉。鬼不动声色,照样以物易物,反而市场上新添了各种家庭用什、牛马牲口,照例极是便宜。村人买回后,一到家这些东西就全变了,锨锄锄耙全是草扎的,牛马羊驴全是纸叠的。人知道上了鬼当。

郑家兄弟就领人去市场大打出手,鬼未防备,结果大败而逃,村人就获得了全部货物。从此只说再没鬼市了,不想第二夜,那里又是一派热闹。人欲是顺杆爬的,郑家兄弟又领人去抢,一个鬼,像是头儿,拦住说:

"你真是不怕鬼吗?"

郑老二说:"我活人都不怕,还怕死鬼!"

两厢斗打起来,鬼全不分散,齐心合力,且不拿凶器,全用脚踢手捏,村人失败了。

回到家里，凡是遭鬼踢的地方，就开始生脓生蛆，类似连疮。幸好"老军需"有治连疮的土单验方，才免去苦痛。但遭鬼捏的部位，肉则发黑，终日生疼，"老军需"也无可奈何。郑老大被鬼捏了头，自此痴痴傻傻，成了废人。

也就从那夜后，鬼市再未出现，郑老二英雄一场，悲剧而终，羞愧就出门远走了。这就是蔓延的传说。二十里外的镇上，传说得越来越玄，便惹得许多人到未名湖来，寻查鬼市地址。但那仍是一洼平地，生就着奇形怪状的柏树。问村人，村人皆说不知，且面有愠怒。但看稀罕的人在樱桃林里发现了郑老大，他确实痴傻，一见了女人就笑。

人说："郑老大，你这般大了，怎么不娶媳妇呢？"

郑老大说："娶！"

人说："是胖身子，小脚，黑脸，大耳朵吗？"

"是白脸，胖奶。"郑老大没听懂人家说的猪，他正经地纠正着。

"在鬼市上？"

"不，在镇上。"

郑老大说的是丑丑。丑丑在镇上的商店里卖百货。她是赵阴阳的孙女，赵家已绝了后，这孙女出嫁到镇上去。公公是个干部，丑丑当然有后门去做国家职工，也便将娘家的一院房上锁了，两年已不回来。

五

到了×年，三月底，秃女夜里刚上了炕，有人在敲门。敲得很响。秃女披衣下来，问："谁？"门外说："是我。母，老二！"娘叫了一声，就软在堂屋台阶上。

郑老二这一二年到什么地方去了，去干了些什么营生？老二闭口不说，娘也不再问了。幸好老二出走村人不知缘故，事过日久，往事又不再提起，郑老二还是郑老二。

因为不是衣锦还乡，村人用不着趋势奉承，私下里都支棱起耳朵听那胡琴声。

村人再不是赵阴阳，所以就预料错了。

老二在屋里吃饭，大声吆喝："抄呀，抄肉！""喝哎，往醉着喝呀！"老二和娘其实夹的是萝卜片，喝的是稀糊糊汤。村人却在说："这东西在外发财了？！"

郑老二的手腕子上戴了一块儿表，红卫兵服的左上口袋里插了三支钢笔，来到一些人家串门了。"老二，发了？几时回来的？""昨晚。"老二说。"坐碗？"村人心里骂道，"说个文明，怎不坐个碟子回来？！"他们看着那三支钢笔，怯于文化，不能妄问，就说："老二，几点了？"老二看看表，表是不走的塑料齿轮表。郑老二受过城里人的骗，回来又骗村里人了，说："六点。"

"哟，六点了天还不黑！"村人看太阳还红着，但不知怎的，张张嘴，似乎真到睡觉的时候了。

郑老二并没有让他们睡去，他鼓动村人帮他办一件事，得利分红。这事却使村人把笑都僵住了。

"你要捕未名湖的鱼？"

"怕有三千斤的。"

"要在四月五日？"

"这日子外地来人多，一定出手快的！"

"你这是疯了！"

村人看着老二，觉得他不但疯了，且面目可憎。他们一致的意见是：不吃鱼是祖传的风俗，不捕湖里的鱼又是村里的规矩。即使就要捕鱼，四月五日是什么日子，能让人把鱼捕去杀死？说到最后，痛心疾首，竟联合起来警告老二：敢在四月五日捕鱼，村人一块儿在石岛龙王面前咒他！

郑老二一回到家，气得将口袋的三支钢笔拔出来丢在炕上，一支是完整的，两支没有笔身，只有笔帽。后来将衣服也剥了。娘吓了一跳，瞧见双蛇缠在儿子身上。那是墨针刺的，娘是看花了眼。

四月五日临明，天还黑咕隆咚。突然间，有了一声炮响，接着是七炮，八炮……十二炮！"老军需"听到了，惺忪着眼说："起这么早就给龙王放鞭炮了？"沉沉又复睡去。村里人都没有醒来。天放亮了，人们起来打扫庭院，烧纸，鸣鞭炮，纷纷集到湖上去的时候，未名湖上已经有人撑了前几日做好的船。船上是一筐一筐的鱼，一尺的三尺的，红脊梁的黑脊梁的。船上的人十个有九个不认识。认识的一个是郑老二。他一脸的得意，让村人看得目瞪口呆。

先是郑老二去外村雇了几个人，用炸药包子投在湖里炸。鱼以为是投什么食料，集去了，就炸昏了，白花花地翻起肚子来。郑老二是雨后捡蘑菇，荡着船只用捞兜捞。

村人眼瞧着鱼筐一担一担挑走了。

四月五日的祭龙节，成了全村人诅咒会。他们使用了最恶毒和粗野的言语恨骂郑老二。祈祷龙王让秃女的头更秃；让郑老大的傻脑更傻；让吃鱼者吃进去口烂，屙出去屁眼儿烂。但是，世界安然无恙。当郑老二把一袋子票子带回家后，他也学会吃鱼了。且左嘴角进鱼，右嘴角出刺。他又一次要在湖里捕鱼，联合几家人，几家人还是不肯与他为伍。"老军需"虽然不入股，"老军需"却支持他。出主意让他不要以炸药炸，制船用网捞，小的可以继续放养，大的就可以活生生运出山。郑老二果然采纳，且组织了一个贩鱼的生意网。他将鱼连水装在桶里，一夜之内运到镇上。镇上二道贩，第二天以橡皮包运活鱼到州城。州城的三道贩，连夜分摊，于第三天清早鲜鱼上市。

州城人爱吃豆腐，说豆腐就是命。有了鱼就又不要命了。州城吃鱼难，更稀罕吃鲜鱼，这种三道鱼贩子配合默契，沟通城乡，活跃市场，州城市政府便注意到了。他们表彰鱼贩子，称郑老二是"鱼王"。

湖畔村的人上告到乡政府，告不过，就刮目相看起郑老二，随之都来湖里抢捕，宣称：湖是大家的湖，你能捕，我也能捕，都捕。

湖被划分了，像划分田地一样，一家一长溜。但是湖深，不可能插竹的铁的网堤，鱼却自由，从你家的"领海"到我家的"领海"。未名湖的鱼谁家也不能捕了。

郑老二宣称：我承包全部湖，各家算入我的股，我月月给各家利钱。村人皆心中暗喜，却不喜形于色，说，也行吧。

郑老二这下才是发疯了，竟打报告给乡政府，报了他的规划：要扩大湖面。修筑湖栏。打水泥杆挂铁网隔大湖为若干小湖。引进鱼苗。购买饲料。建立售鱼联络网。一切的一切，足申请贷款十万元。政府说，支持的，给贷了七万。未名湖焕然了一新，它绝没有往日的模样了。郑老二也不是往日的郑老二。他新盖了三间新屋，家里有了电扇、电热杯、电褥子、电视机。过的是州城人过的日子。不知什么时候，他的家里响起胡琴声，孩子们去时，才知道郑老二并没有拉琴，琴声是从一个台式录音机里播出的。音量放到了极限。

村里人都眼红这个郑老二，也都忌恨这个郑老二。他们在秃女的面前算账：七万元，一元钱全年的贷款利息是八分，七万元就是五千六。七万元加上五千元是七万五千元。鱼能卖多少呢？还起账来，郑老二还三十年，他该就活老了吧。这账就给儿子。儿子可以再移给孙子。愚公移山，那就是世代挖山不止。秃女害怕了，连傻子老大也害怕了，在家和郑老二说怕怕。

一日，郑老二回来，置了一席酒。给娘敬了一杯，给哥敬了一杯，末了说："我母，我哥，我一人做事一人当，绝不连累你们。我已去乡政府打了手据，郑老二不知道我母、我哥，我母、我哥也没我这做儿做弟的。郑老二是光棍，只对政府有责任了！"

老娘和傻哥无言以对。

郑老二又说："我豁出去了，将来要么上北京进人民大会堂；要么下牢挨枪子！"

到了半年，湖里的鱼养得好肥。在修湖栏杆时，郑老二挖地基，挖到石层，撬出一块儿石板。石板上是十三条鱼，石板上的鱼游得自由自在。有的俯冲而下；有的斜刺而上；有的张口而来；有的摇尾而去，各具神态，款款可人。这鱼是上古年间的鱼，正自在着，地壳变化，骤然凝固，已经是万千年的化石了。郑老二喜之不禁，说这是吉兆，活该他要做"鱼王"。

这化石板就安放在郑老二的新屋门口。

但是，谁知道这是凶兆呢？当湖鱼起捕的前三天，郑老二一清早到湖里去，先是看见湖里白花花一层，以为是月亮反光，抬头看月，天上却阴得沉沉的，连一颗星星也没有。郑老二心下疑惑起来，上船进了湖，才发现白花花的一层是翻着肚子的鱼。

一湖鱼全被毒死了。

事情很明白，这是有人下的手。郑老二是有个媳妇，又离了，虽相好了几个女子，但还未办手续。如果有娃，这等于把娃投进井里去了。郑老二要公安人员来办案。查了来，告了去，查了个不了了之。秃女头上的稀疏的发毛一夜间白了。郑老二还是郑老二，卷了家中的钱，又远走高飞。

郑老二在南山某一处赌钱。第一次赢了三千。第二次赢了五千。第三次以为手气好，紫星高照，八千元全注上，输了个精光。赌场上是讲义气的，郑老二红了眼就不顾了，掏出刀子打起来。他有力有胆，一刀扎在对手腿上。自己胳膊上也挨了一砖，黑血咕嘟嘟冒泡。他翻起来照一个地方戳进去，力太大，手滑了，刀刃把五个指头切下来，那人也倒在地上吭了一声不吭了。人的性命真怪，说顽强好顽强，说脆弱也脆弱。郑老二没想到他竟杀了人。

郑老二卷了摊上的钱就跑。五个指头还在地上神经质地蹦。

五天后，在州城的一家小酒楼上，人出人进。突然一辆摩托开了来，跳下两个带枪的公安就冲上去。街人都不知出了什么事，围在楼前看。一袋烟工夫，一个人被反捆了手揪下来，扔进摩托车的坐斗里。人们挤着要看这罪犯的五官，公安人员却将罪犯的头塞到坐斗里人放脚的暗处，只看见了一个屁股和捆在背上的双手，一只手缠着纱布。

六

钱一仁招婿得子以后，按湖畔村的规矩，孩子姓武。此时在牢的老爹已死去两年，暗自想钱家从此绝后，常常潸然泪下。这心思阿媛告知爹，"老军需"宽宏，就同意以后的孩子姓钱好了。钱一仁拼死拼活，百般努力，终第二个孩子出世，没想却是一个女儿。国家的政策是只生一胎。第二胎罚款，罚了款还要做结扎术。钱一仁有了行医执照，又新学会了结扎术，"阉"过了许许多多女人，也便"阉"了阿媛。

儿子是阿媛带大的。女儿生下来，"老军需"再不行医，终日背驮着孙女在村里游转。孩子是见风长的草。半岁能爬，一岁能走，三岁登高下低像猴子。"老军需"没事可做了。

俗话讲，人老有三：爱钱，怕死，没瞌睡。"老军需"最甚的是没瞌睡。夜里睡在东厢。听狼叫，听狗叫，听门外台阶上的蛐蛐叫。子时，一仁夜行医回来，阿媛光着身子去开门，听见一仁说："两个热馍头！"心里倒生岔气：从外带回吃食，不敬老人倒孝顺媳妇了？！几天里脸色不悦。出外遇着秃女，说家常，叹人生，偶尔就提说此事。秃女找着一仁和阿媛，数说不是。阿媛一脸羞红，解释说：那夜开门，是一仁揣着她的胸脯说夫妇私话的。秃女就嘎地笑得岔气，又过去谇骂"老军需"不是个正经老子。

"老军需"去了心思，夜里还是睡不着，听见东厢房里嘻嘻咻咻，床动席响，不免又想起自己孤单。

一仁和阿媛待老人好，开夏给爹做第一件绸衫；入冬，给爹缝第一身棉衣。早晨给爹烧洗脸水；夜里给爹取便盆。有一口好饭，先尽爹吃。爹吃剩下了再给儿子吃，再给女儿吃。吃得饱，穿得暖，身上总有零花钱，"老军需"是湖畔村的福佬儿！福佬儿就是没话说，瞧见女儿女婿在厨房说，在卧房笑，天一黄昏双双相厮去村外散步了，"老军需"就心里空落，一派孤寂，眼角里要溢出一颗大而涩的泪。

"老军需"开始寄情于未名湖。他做了长长的一柄鱼竿，整晌地蹲在那里静候。整晌地不能钓出一尾鱼来。因为他的鱼钩是一苗针，并不弯曲，而每十分钟就换一次鱼饵。姜太公钓鱼是愿者上钩，"老军需"钓鱼是愿者也不让上钩，而是来者得益，吃了饵肉去吧。他要享受的是垂手而坐，让长长的钓竿将寂寞传入水去，荡为湖上微波，波上微风。让长长的钓竿钓起慰藉，钓起清闲，挨过悠长暮年时光。

但他更多地钓起了回忆。

一次，甚至有两次，他在垂钓的时候，听得风里有一丝哽咽。回眸看去，湖水潇潇，落叶瑟瑟，秃女跪在远处一丛树下啼哭。那时郑老二已和娘声明断绝了关系，他是为保护娘，也害了娘。他过的日子花天酒地，娘依旧柜无余粮，灶无柴火。"老军需"过去安慰她，引她到武家吃一顿两顿茶饭。

当"老军需"再到湖边钓鱼了，这秃子也姗姗而至，两人临风说话，说得很投机。有一日村里有人拉锯，其音颇响。两人静听了一会儿。"老军需"说："你听，这声音是'嚓、嚓、嚓'！"秃女说："不对，是'沙、沙、沙'！""老军需"又说："是'发、发、发'！"秃女又说："是'啦、啦、啦'！"直争论了一个下午，最后的结论是：你附这声是什么字音，也就是什么字音。

爹勤到秃女家去，一仁和阿媛先不介意，后就干涉了，不让去。爹说："我去散散心。"阿媛说："那你到外边走走。郑家乱糟糟的，去那里干啥？"爹说："老二走了，他那新屋整洁，我们去那儿抹抹牌。"阿媛说："爹真是！"

终有一日，"老军需"说出了阿媛最担心的话：他想给他寻个老来伴，爹没说出寻的是谁，父女俩心下都明白。阿媛就哭了，泪水汪汪的："爹是七十的人了，孙子这般大，别人会怎么议论呢？是我和一仁不孝不顺吗？""老军需"无言以对，看着女儿哭恓惶，自个也流了泪。

自此，做爹的再不谈及这事。阿媛却发现爹的饭量大不如前，话更加少，常常在院里呆呆看云。猫蹿到院墙，掸下一页瓦，他也呆呆地看，猛然叫"猫，猫……散了！""老军需"反应迟钝了，在瓦落地脆响的时候，没听到响声，只见到瓦是"散了"。

阿媛也觉得爹可怜。

一仁劝爹是不是再行行医，有个占心的事，爹拒而不干，他专心要让女婿的医道和医名超过自己。阿媛就到了镇上，找着爹的一位早年同学。人家是政协的委员，每月拿补助十五元，且常去县上开会。阿媛托这委员来给爹劝说。委员说："啥事我都可依你，这事不行，人老了脾气怪啊！"委员又说，"怎不让你爹参加政协呢？县上常开会，出去走走……"

五十年前，阿媛的爹是个很俊的青年，在镇小学的学习非常好。秋天里背了被褥往县城读中学，半路里遇着一队当兵的。当兵的不是好东西。拦路抓了十八个人，一根绳子拴了带着走，阿媛爹从此就成吃粮背枪的人。

他到了山西。又走过河北。又到关中。阿媛爹不是冲锋陷阵的人，他聪明，善于周划，就先做炊事，再干事务。后来竟当了官，是"军需"了。再二年，这支队伍在陕北黄龙遇着共产党军队，两厢交火，恶战三天四夜。第二天里，阿媛爹就逃跑了。他扮成要饭的回到老家，开始读祖传的一捆医书。那支队伍三天四夜后全溃败了，他所在的那个师，逃到乔山，就宣布了起义。师长是认识阿媛爹的，事后派人到未名湖畔找着他，邀他再去。阿媛爹已经看医书上了迷，待来人三天好吃好喝，将人家送走了。

那些当年给国民党军队当团长的，解放后蹲了牢，现在亦成了县政协委员，吃补助，开大会的。"老军需"的部队还是起过义的，"老军需"还是农民。阿媛将这些告诉爹，爹也心动了，去找县政协。政协说："这要原部队的人作证才是，否则有什么依据说明你是'军需'？"阿媛爹说："谁不知道，村里人几十年都这么叫我的。坐了牢的团长都成，我却不行，是罪恶越大越吃香吗？"政协说："人家是国家大赦了的，上边有文件啊！"阿媛爹只好给那个老师长写信，老师长已经是江南某一军区的司令。

但司令没来信。司令是记得这个"军需"，却气愤他临战逃跑，背弃自己，更气愤他派人邀请也不肯再入军，司令就将来信丢到纸篓去了。

村里人皆为"老军需"惋惜。秃女却高兴。她说："你又不缺吃，又不缺穿，当个委员干啥？未名湖多好。到县上开会又能说几句话？谁又听你那几句话？！""老军需"想想，也是，遂死了去政协的心。

郑老二的新屋秃女正式搬进住了，因为有了可靠消息，郑老二被公安局抓获了。当地没收了他的财产，折钱仅是他贷款的五分之一。这郑老二到底欠了一笔阴款，日后托生牛马也还不清了。这是后话。而当地政府没收了新屋后，又念及秃女可怜，以最便宜的价格卖给了她。秃女就在新屋里盘了一面土炕，垒了一个小灶，也同傻老大分锅另灶了。

秃女的家里成了抹牌的地方。谁来抹牌，谁带吃喝，到饭时了，秃女就做了让大家吃。牌一直抹到半夜。半夜牌客全走了，"老军需"不走，他陪着秃女到天明。

阿媛和爹闹过几次，闹得外人都知道了，也再无顾忌，上门到秃女的新屋来闹。这一年陕南大旱，新屋院子里有一棵小梨树，果子结得繁繁的，但叶子却发卷了。阿媛进了院，想了一肚子糟跶秃女的话，话到口边卡住了。因为阿媛看见爹也在院里，正从井里汲水浇那小梨树。"老军需"瞧见阿媛来，轻轻"呀"了一声，拾腰靠在梨树上。梨树晃了晃，落下一颗干了吧唧的小涩梨，骨碌碌滚到阿媛的面前了。

七

赵阴阳的小孙女在镇上的商店当了售货员，湖畔村不大不小地骚动了一场。村子里上百年里没有一个干国家事的，丑丑应该算是第一。"老军需"虽然当过官，但那是伪官，历史并不光荣，且半路又回来当农民，是个没出息的。钱一仁虽是城里出身，但现在土得掉渣，也是没什么可嚣张的。赵丑丑能经营百货，能坐在凉房下不晒太阳，吃国家工资，她凭的什么？有的说这是赵阴阳的阴德，赵阴阳能看风水，掐算未来，他为自己选了好坟地，后辈才享了福荫。这坟地好还有佐证：那几年别人的坟差不多被人盗过，赵阴阳的却完好无缺。有的说，既然赵家的坟地好，怎么第三代没个儿子？且别的孙女又怎么不吃了国家工资的？这全是赵丑丑自己命好的缘故。可有人说：她怎个命好，她只上得小学，针线上不如阿媛，锅灶上不如秀绒呀？回答的是：你瞧瞧人家的模样！丑丑的模样是标致。如果湖畔村的人读过古书，一定会说：高一分就太高了，低一分就太低了，胖一分就太胖了，瘦一分就太瘦了。于是，大家有了新的结论：男人家有福没福不在俊丑，以本事为主。女人却要长得好。长得好了，有本事的男人就来娶，娶过去就夫贵妇荣，即便这女人的爹是讨饭的，这女人自幼是生在猪圈的。长得不好将来就是农民的老婆，长得好将来就是干国家工作的人的爱人，长得顶好，将来则是当官的夫人。

丑丑的爱人是个教师，丑丑的公公是个镇长，丑丑是属于长得好与长得顶好之间的女人。

村里人常到镇上去，路过商店门口，就探着头往里看。看见丑丑穿着白大褂，坐在柜台后嗑瓜子。她嗑得真好看，"嚓"的一声，瓜子裂开，红红的舌尖就沾了瓜子仁，那皮儿又同时飞出来。四年前，丑丑订了婚还没结婚，商店玻璃里的阳光照进去，那脸上有一层虚虚的像茸绒的光圈，村里人说那是庙堂里画的菩萨，看得庄重又神秘。恰那次，郑老大也进了镇，在凉粉摊上吃凉粉，被人问道："老大，想不想媳妇？"

老大说："想。媳妇能暖脚。"

那人说："我给你找个媳妇。你要叫叔。"

老大叫："叔！"

郑老大是个热粘皮，竟不吃凉粉了，扯着那人衣襟叫叔要媳妇。那人指着商店里的丑丑说："丑丑就是你媳妇！"这老大当下认真，就笑起来。从此得下见女人痴笑的病根。

丑丑做了郑老大的媳妇，老大活着有了主要内容，村人逗乐也有了主要内容。但郑老大一傻，把正经劲傻了，也把流氓劲傻了。他对丑丑没有动作，看一看就笑死了。

他有了固定的日子，每个月十五，要从湖畔村步行到镇上。在商店门口看几眼丑丑，就满意而归，以致兴奋一月。

一日，村人捉弄老大，说："老大，你知道吗，你媳妇病了！"老大不相信，说是瞎话，拿拳头擂在那人鼻根，擂出一摊鼻血来。打毕了，老大却还是步行去了镇上，瞧见丑丑活生生的，就又笑死了，被镇上的孩子把鞋也脱了，丢到房顶去。老大赤脚回来，脚磨得血淋淋的。

这年夏里樱桃熟了。郑老大摘了一小篮到镇上去，才猥猥琐琐出现在商店门口，丑丑倒先发现了。丑丑并不知道她已做了郑老大的媳妇，见了本乡本土的人就亲热，叫着："哎哟，郑老大，你也到镇上来了？！"

老大就嘿嘿笑，笑得快要死去。

商店里的女售货员就问："那是谁？丑丑也认得？！"

丑丑说："老家的，傻子！"偏叫道，"傻老大，是给我们吃樱桃吗？"

郑老大立即双手将篮子反倒在柜台上。所有的售货员都来吃。郑老大看着，脸就变了，拿着空篮子掷打贪嘴的人。丑丑就乐了，说："哟，傻老大是只认乡党，让我吃呢！"

郑老大又是笑，笑着就出门走了。

丑丑回家吃饭，饭桌上说给退了休的公公。公公说："傻子也知道爱我丑丑！瞎人心还乖啊！"

公公已经六十五岁。在职的时候威风很大，家里常来男的，也来女的。自个常熬人参汤喝。丑丑不明白公公喝了人参汤，还是那么瘦，而且背也弯了。有一回公公与一熟人说什么，眉飞色舞的，扳着指头数：一，二，三……十五，十六……，数到十九，数不下去，说："记不清了，总有个整数吧。现在不行了，心有余力不足啊！"丑丑端茶过去说："爹退休了。国家让你歇着，你就歇着吧！"那熟人却哈哈大笑。丑丑当时很窘，不明白自己那话哪里说错了，惹人耻笑？

公公现在退休了，拿的还是全工资。公公有的是钱。

陕南的风俗是儿媳在家，夜夜要给公婆拿尿盆，黎明起来，又去端倒尿盆的。农民是这样，干部也是这样。婆婆在的时候，丑丑黎明去端尿盆，偶尔几次瞧见老两口睡一个枕头，听见她进去，婆婆装睡着，公公还看一眼她。她脸红红地出来，听婆婆在里边说："多难看的！"公公说："咱的儿媳妇嘛！我瞧着她端尿盆，心里倒觉得做老人的福分。"

后来婆婆死了，丈夫又到学校去，端尿盆的规矩还没倒。丑丑好为难。但想想是爹，还是去端，再不敢往炕上看一眼。出门的时候，听见爹要说："把门给爹闭上！"公公依然这阵是醒着的。

公公是干部出身，懂得疼小，吃饭要丑丑和他都坐桌子吃。也和丑丑说笑。丑丑看多了别人家媳妇与公婆闹矛盾，自我感觉自己挺幸福。

有了孩子，孩子总是不好好吃奶，丑丑喂一次奶要哄说多少话。公公也就在一旁哄孙孙，说："好好吃奶，奶奶甜呢！"丑丑觉得这话有些那个。但公公就是不生分自己，往好处想，也就没什么了。一日，孩子又是不吃奶，公公走近来，逗着孩子说："你不吃，爷就吃呀！"公公在教孩子，要做示范，果然极快地去吃了一下奶。

一切太快，丑丑反应过来已经迟了。她红着脸回到卧房，觉得公公糊涂了。这事不能对外人讲，星期六丈夫从学校回来，说给丈夫。丈夫却火了，说："爹一辈子的老毛病！"丑丑吓了一跳："老毛病？"丈夫却不说了，起身去找爹。丑丑又吓得缩在炕上不动弹。后来就听见父子在那一间屋里吵，公公也是火急了，说："算账，咱就算吧。你吃了我老婆三年奶，我说你了没有？我吃了你老婆一口奶，你就凶了？"丈夫骂："你就不够爹！是牲畜！"把什么摔了，哗里哗啦地响。

丑丑自那以后才知道公公一生就吃了那方面亏，要不他可以当县长，但他终只当个镇长。丑丑随丈夫搬出了那家，借居到镇上另一家空屋去了。

离开了爹，小两口最大的难处是没钱花。如今又没有了房，丑丑就想到湖畔村的娘家。娘家没了人，空留一院房子。她想去典卖了，再在镇上盖新屋。

丑丑是九月二十八日回的村。

赵家的房子虽然破旧，但院落完整，面积还大。丑丑开院门，锁已锈了，最后还是砸了锁进去。院子里原本砖铺地，砖缝里长了草，一方块一方块的，倒好看得像铺了地毯。中堂上尘土已经很厚，爷爷和奶奶的灵牌还在，爹和娘的灵牌还在。当然没有贡献。有麻雀走过的踪迹，是无数的"个"字。丑丑从隔壁借了一床被褥，打扫了一面炕后，就坐在院中，独想这人生变化，世事沧桑。其时已经入夜，万籁俱静。倏忽却听得门外有窸窣声，不禁骨悚起来。接着是有什么细微的吱吱响，旋即又停了。丑丑吓得发慌，四周看看，又一切安静。就想，一定是老鼠作祟了，自己给自己宽心壮胆。当她抬身去检查院门关了没有，然后去睡，突然那院门"嘎"

地推开一条缝来。多亏门已关了，虽然门关得松，但里边又挂了铁链，门只能推开一条缝的。一个笑声在那里喘起，喘而不止，后来就有什么倒下去，笑喘声伏小伏低了。丑丑骇绝！锐声呼喊。四邻的人披衣出来，发现倒在丑丑家门外的是郑老大。

郑老大被人架走了，郑老大还在笑喘着："丑丑回来了，我媳妇回来了！"

八

赵阴阳的旧宅，湖畔村的人都说好，价格又合适。可丑丑征询买不买时，却都为难了。湖畔村是个穷村，谁能一下子买起一院房子？再说，现有的住宅紧张也够紧张，将就也能将就，进门盘一个大土炕，老婆娃娃挤上去也便是了。丑丑好不扫兴。也遗憾郑老二被逮了，郑老二若是还在，他一定会第一个跑来买这房的！

丑丑扳指头数，计算村里的富裕户。丑丑当然是以往的观念，就想起"老军需"家来。傍晚在村口上，碰着了钱一仁。钱一仁走得慢悠悠的。丑丑就说："钱医生，又要出去散步了！媛子呢？"钱一仁苦笑着说："才转回来，你嫂子先回做饭去了。"丑丑说："你们两个好有福！"钱一仁说："有豆腐。"话说得几分悲哀。丑丑的声调也低了，发现钱一仁寒瘦，没了早先的风流潇洒。且右手里提着一个瓶子。那不是酒瓶子，因为瓶子上有一个皮管一直钻到衣襟下去了。

丑丑问："你是病了？"

一仁说："可不。"

丑丑说："医生也病？"

一仁说："丑丑该笑话我了。"

皮管里一阵咕咕地响，那瓶子里就出现了一种黑黄的浓液。钱一仁同时蹾下了，脸上极度困窘。

丑丑立即明白了一仁患的是什么病。她赶紧作一脸的同情，双手去搀一仁。

"怎么得了这病，几时得的？"

"有两个月了。先是上茅房出血，还以为是痔疮的。后来出血厉害，去县上检查，就不行了。还好，命是保下来了。"

钱一仁和阿媛和睦得如漆如胶，村里人羡慕过，也议论着。议论的内容是这样：这两个好得不像夫妻了，像是前世互相有了恩德要来世上报答的。在湖畔村人的经验中，夫妻是冤家对头，离不得也见不得的。打打闹闹是正常的，而正常的夫妻方能一辈子天久地长的。于是就判断：一仁和阿媛不长久。

果然一仁就病了，病得不是头痛脑热，却是癌症。以致把肛门封闭了。医生是给人治病的，医生倒得了这顽症，这不是恶作剧吗？

丑丑卖房的愿望彻底是没希望了。她只好请人来拆除，欲将砖瓦就地更便宜处理，木料则运到镇上去重盖新屋。拆房的这日，村人都来帮忙。造一院房不容易，拆一院房却快得多。人们先溜了瓦，就开始下椽、檩条，大梁一件一件往下吊，烟灰尘土使一个个变了形态。郑老大是少不了的角色，他站在最危险的地方，承担着最大的重量，当一根木头断下来砸着他的肩头后，血就洇了一片。郑老大跳下来，捂着肩头在地上疼得兜圈圈。众人说："老大，没事的，这是给你媳妇干的！"老大哭不得笑不得，闭着眼睛吸了一阵凉气。终不甚疼了，就从地上抓了一把土按在伤上，说："过去了，刚才好疼哩！"

丑丑听说老大伤了，忙过来要看伤。旁边人喊："老大，不敢让看，看了丑丑会心疼烂的！"老大果然不让丑丑看，说："不疼，我不嫌疼哩！"又嘿嘿笑着爬上墙头去。

丑丑说："你们不要作践瞎人！"

大家就说："瞎人？老大才不瞎哩，老大什么事情都知道！"

劳动到黄昏，村人骑在墙头上歇息。虎山上就刮过来一阵风。风在院子里旋起来，后来就翻过院墙顺着村口那条土路一直旋过去了。大家看着那远去的旋风，便发现在那尘土柱里有了钱一仁和阿媛。小两口又在散步了。现在他们不是肩并肩地走，是阿媛扶着一仁走，左手里还帮着提着粪便瓶子。

村人似乎很感动，本要说说这两口子那几年散步，阿媛走一走就"唧"地亲一仁一口。但现在这种笑话说不出口，谁也得叹息人生的无常，夸赞阿媛的贤淑。不免骂起自己的老婆。骂过了，却又要说：

"他们还这么好，这不是好兆头呢。夫妻还是骂骂打打白头到老的。这老大爱不爱丑丑，爱，可老大能和丑丑做夫妻吗？多亏丑丑心里没老大，这老大傻成这样才不死的。'老军需'和老大的娘也好吧，那也是成不了的。要是成了的话，瞧着吧，两个人就得有一个该入土了！"

丑丑在厨房忙着为帮工人做饭，她没有听到这一番真理。她烧着火，奶憋得生疼，就想起放在镇上的孩子。孩子几天未吃奶了，这饱满的奶汁就往外溢流，连胸前衣服都湿了。她赶忙到茅房去，将奶汁挤掉，不禁作想起公公的龌龊事，感念湖畔村的人还是忠厚本分。从茅房出来，钱一仁和阿媛已经到了院门外。阿媛说："丑丑，实在不成一回事，我们没给你帮忙啊！"

丑丑说："嫂子说到哪里去了，我还能去劳累你们吗？"

一仁说："丑丑把房一拆，怕永远也不会回湖畔村了！"

丑丑说："哪里，清明节还要上祖坟啊！"

阿媛就想起那个传奇性的赵阴阳来，说："你爷爷要是活着，他要是给一仁禳治禳治，我一仁这病恐怕也就好了。"

丑丑说："一仁哥的病会好的。你们夫妻这么亲，是神是鬼都要感动的。"

丑丑说罢这话，就目送着阿媛他们回去。她于第二天彻底将旧宅拆除，砖瓦一时未找着要买的人家，先在院中盘了。就又托村人忙了三天，把所有大小木料运到镇子里。

这四天里，丑丑几乎没有睡过囫囵觉，安排好了镇上的事后，就带了许多糕点糖果，挨家挨户去话别。最后到祖坟上去，以杯酒之浇，纸钱之化，香烟之绕，奠祀了爷爷奶奶，先考先妣。末了，竟不忘对着赵阴阳的坟墓说："爷爷，你如果有灵，你就阴中为钱一仁禳治禳治吧，我拜托你了！"

丑丑的话并没有奏效，或许赵阴阳并没有听到。钱一仁的病突然加重了，那瓶子里开始出现血水。人不到两天就睡倒了。

村人扎了一副软轿儿，把钱一仁抬到县上。县医院治不了，又送至州城医院。剖腹检查时癌已经扩散了。医生并没有切除什么，原样又针缝了伤口。钱一仁又被抬回湖畔村。

这一日正好是四月五日，未名湖上祭龙王。人还很多，但阵势没有先前大，也没有人笑。钱一仁被抬着到了石岛，生产的鱼一仁第一个看。

九

钱一仁睡在炕上，并没有独自流泪，疼痛起来，也不呻吟。他加量服止痛片，实在不可忍耐了，就笑着说："阿媛你和孩子出去吧，我想静静睡一会儿。"阿媛和儿子毛旦女儿绒花出去了，他就咬着被角浑身抽动，头发也一撮一撮抓下来。

阿媛度日如度年，看见一仁疼痛，从早上盼不到天黑。天黑了，在墙上画道道，眼前就一片黑。"他只有二十天了。"这是医生告诉阿媛的。阿媛又恨不得这一日如一年。

十七天的时候，一仁似乎一整天没有疼，沉沉地睡过一宿，天明起来，竟要阿媛把他抱到院子里去。阿媛心里想：一仁或许会发生奇迹，说不定他会好的。抱一仁在院里坐定，指说着门前龙山的浮云。那时朝霞正起，阳光已将浮云染涂，十分鲜艳夺目。阿媛说："明日我抱你湖边去，湖里鱼又多了，飞来的鹭鸶多得很。"

一仁说："鱼多了，郑老二却不在了。"

阿媛说："听说郑老二要挨枪子的，他也该死的。"

阿媛真后悔自己说到死，赶忙就又说："你知道傻老大和丑丑的事吗？"

一仁说："什么事，是傻老大欺负丑丑了？"

阿媛说："老大爱丑丑爱到骨子里去，老说丑丑是他媳妇的。"

一仁就笑了："这傻子！"

阿媛说："傻子倒是真爱，可惜他傻了。"

一仁却说："他傻了才真爱的。"

一仁说罢，就给阿媛又笑笑。阿媛觉得一仁的笑很特别。

又是一天，阿媛并没有抱一仁到湖边去。这一日湖上的鹭鸶果真很多，在碧水之上白如玉绢。但一仁看不到了，他夜里又病情加重，已经不吃不喝。可怕的日期只剩下两天，阿媛的心提在喉咙。她不忍心再瞒着要死去的丈夫，将医生的话说知了一仁。

"一仁，"她说，"孩子都在身边，你还有什么要说的，你就全说了吧。"

一仁看着一对儿女，看了好久，却笑了笑，再挥手让孩子去了。

这举动阿媛也吃了一惊，孩子们出去了，也皆感到纳闷，是爹放心他们已经长大懂事了吗？还是爹以为他们年幼没有要说的必要？小女天真，跑去找爷爷哭去了。儿子却蹲到屋外的窗下，听爹还要说些什么。

钱一仁突然在炕上伸出手来，把阿媛拉住了。说："阿媛，我知道我是不行了。我让孩子出去。我想和你多待一会儿的。"

阿媛眼泪唰地流下来。

"不要哭。阿媛。"一仁说，"我死了，你也不要哭。真的。"他很平静。

阿媛说："一仁，你怎么说这话？"

一仁说："阿媛，你说我对你好吗？"

阿媛说："村里人都说咱好。"

一仁说："我要你说。"

阿媛说："好，你待我好。"

一仁却说："不。阿媛。我本来要好好待你的。可我却要死了。我要给你说一句话。这话我藏了十多年了。我不能给你说。现在我要死了。我不能再不说的。"

阿媛心突突地跳起来，不知道他要说些什么。

"人都说咱们夫妻好。可我不好。我理解到这样一句话，最不了解男人的是自己的妻子。你知道吗？我当年在湖畔村插队，我因我爹没权没势，不能招工进城。我就想当个英雄，立功了再被招工。我在冰层到石岛的木板下，故意支了块石头，才使你掉进湖里。我不是救你的恩人，是害你落水的人。"

阿媛脸色骤然苍白，像被电击似的坐在炕头。

一仁却微微闭上了眼睛。他脸上平静多了。犹如终于办完了他人生最重要的事情而一身轻了。

阿媛回过头来，死死地看着丈夫。突然泪如泉涌，扑在一仁的身上，说："一仁，这我不怪你，你毕竟是救了我的！不是你对不起我，是我对不起你呀，我也给你说了吧……你还记起我那个表哥吗？在你和我没结婚之前，那表哥在上大学，他答应爱我，娶我，我便把我的宝送给他了。可他玩了我却甩了我……我和你结婚时我不是处女……我一直不敢对你说，我一直想待你好来弥补我的罪过……一仁，一仁……"

但钱一仁什么也没有听见，他永远也听不到阿媛的忏悔。他面部并没有与死神搏斗而弯曲变形，唇红面嫩，犹如病前。

阿媛方知道一仁已经死了。他提前一天上路。终于轻轻省省地走了。走了的悠然而去，留下的负荷加倍沉重。阿媛痛感到自己的卑劣和可耻，撕心裂肠地号哭起来。

同时在窗外，也有一声锐叫。但阿媛的耳朵已失去了功能，她没有听见。

湖畔村的人为钱一仁的死悲哀着，他们帮年轻贤淑的寡妇阿媛买来了柏木棺材；买来了衣布裁剪缝制；买来了新砖新瓦拱造坟墓；买来了白布黑布设了灵堂。阿媛三天三夜哭守在灵桌下的麦草上。她哭得惨不忍听，却全然不是为自己以后寡妇生活的哀叹，却是声声句句的谴责，让一仁的上天之灵饶恕她。

湖畔村的人更觉得阿媛是难得的好女人啊。

但是，三天里，一仁的儿子却没有露面。当人们忙乱筹备丧事的时候并没有注意到这些，待到灵堂设起，发觉时，四处却找不到。待到下葬的那日，儿子必须是要披麻戴孝摔孝子盆的，但毛旦还没有回来。人们就害怕起来，几乎全部出动，在村里、山上、湖边寻找，"老军需"和秃女也在找。秃女在自己屋后麦草秸堆上抱柴火的时候，在那里发现了。

谁能想到，这儿子却已经疯了。

七岁的孩子，他竟不穿衣服。衣服全撕成絮絮缠在头上。他强被人拉去摔孝子盆，盆子摔碎了，却哈哈大笑，笑得像大人一样。

有个长辈就扇了他一个耳光，原本是要将他的迷魂打走。可这一耳光太重，孩子当下就倒在地上，口鼻出血。但他还是在笑。村人立即意识到这是不可救药了，去按住他，将他拉到坟地去，总算让儿子送老子入了土。

十

未名湖的鱼重新繁殖起来，又恢复了往昔水碧鱼肥的光景。郑老二虽然被捕了，蹲在死牢里受罪，但湖畔村的老规矩却从此彻彻底底地破了：四月五日的祭龙节已不像先前那么庄重；鱼不是一种恶物和神物，视作是钱票的代名词。各家又归于管理各家的湖面了。

再没有郑老二第二的人物出现，这湖不能整个承包，各家就相持着，谁也不能去捞。这种相持终于使村中十字口的王家耐不住。借着全家的青壮劳力多，在一个早晨首先动手了。

王家捞上来了十二筐鱼，像烂银一般耀眼。旁的人家就十分气愤，与王家恶声辩理。

"这一溜湖是划分给我家的，我怎么不捞？"王家的人理直气壮地，"我是到你家的湖面上捞了吗？"

各家与各家划分的有界限。湖水里没有插杆，但湖岸边上却栽有界石。王家的界石是从自家后院移来的一块儿石碑，上边凿着汉隶大字：泰山石敢当。

旁边人说："鱼是游动的，我家的鱼跑到你家那边去了！"

王家的说："你能担保我家的鱼就没跑到你家那边去吗？"

理是无法说的，因为说理的舌头是软的。结果全村的人都来，都各自在自家的湖域区内捕捞。那鱼就全乱了，被谁捞着就是谁的，大到十斤的小到二两的，网网打尽。家家都有收获，家家也以收获到的鱼而博得了一大把钱票。

有了钱，王家的人按人头分之，几个兄弟各领着老婆和孩子去县上州城旅游去了。虽然这次旅游并不愉快，二媳妇在州城住宾馆，宾馆的门是旋转门，她被夹住了又扭伤了腿。这是后话不提。而别的人家有了钱，就全由男人掌管，倒后悔当初没有应下买赵阴阳旧宅的事。他们是有钱就置房置地，土地现为国家所有，不能随便买卖。这钱就只有花在房上了。既然赵阴阳的旧宅已拆除，但那一大堆旧砖旧瓦还在出售，大家就谋算开了。

丑丑在镇子上得到消息，就准备着再回湖畔村来处理砖瓦。这天，"老军需"却领着孙子毛旦找她了。

丑丑抚摸着疯毛旦，同情地说："真可惜，这孩子怎么就得了这种病！"

毛旦的疯病是阵发性的，当时倒清醒，但眼睛明显痴呆，偎在爷爷身边如小猫儿。

"老军需"说："丑丑，你公公他好？"

"好。"丑丑说。

"孩子和他爹也好？"

"好。"

"他们近日不去州城吗？"

"不去的。伯伯有在州城办的事吗？"

"老军需"说："我来找你，你这儿工作的人多，或许有上州城去的，我想让人把我毛旦带到州城我一个熟人那儿去，得给孩子看病啊！"

丑丑说："伯伯是老医生，伯伯还看不好吗？"

"老军需"说："我倒有治这病的方子，可这里没药。"

丑丑说："唔。过几日行吗？我公公听说过几日去州城的。"

"老军需"算算日子，为难了："过几日不行了，要越快越好的，我是老了，腿不行，要不我亲自送去了。"

丑丑就到他们单位去。过会儿回来说："这下好了，我们单位领导去开会，人家先不肯带，我好说歹说，是同意了，明日一早走的。让毛旦就留在我家吧。"

"老军需"感激不尽。说他已给州城熟人去了信，一旦送去就不要管了。便开始询问丑丑家的新屋几时建造？丑丑也便问了湖畔村人要买砖瓦的事，托付"老军需"在村里先打听，靠个实处，她三天后就去。

三天后，丑丑来了。可是，连"老军需"也吃惊的是，在头一天夜里，丑丑家的那一大堆旧砖瓦竟被人偷走了。丑丑问这家，这家说不知道。问那家，那家也不知道。可各家都有砖瓦。丑丑没证据，她说不上人家是贼，且若认为家家是贼，那丑丑就不是好人了。

丑丑哭着说："这湖畔村是怎么啦？怎么全坏心了？才有了钱就坏了？！"

她趴在赵阴阳的坟头上擂拳头，怨自己没出息，没守住赵家财产，又怨赵家后代无男，让她一个弱女子受气。再怨爷爷赵阴阳精明了一生，反没有防着这一辈人的恶行。

也就在这一天，三百里外的州城南州河滩上，一声枪响，郑老二挨了枪子了。执行的人见郑老二倒在沙坑，便扭身上车走开，看热闹的人就潮水一样涌过来看。一个极小的孩子箭一般首先跑近，匆忙地将一个馒头在那里夹着什么。立即又迅疾往外跑，一边跑，一边吃馒头。看热闹的人们赶到沙坑边，瞧见郑老二的脑袋炸开了，像切开的葫芦。那葫芦里没有瓢。

这年冬天，未名湖变化了许多，深深的水里栽了水泥杆子，出现了用网隔离的一长条一长条的区域。湖畔村也有了一些新盖的和新翻修的房屋。人们都在说这一两年里宽裕了，人们又都在说些牢骚话。他们感到心里舒服，又感到心里痛苦。舒服说不出哪儿舒服，痛苦又说不来是哪儿痛苦。

住在三间郑老二新屋的秃女，整夜都在打咳嗽。"老军需"是不嫌吵的，他睡得安妥。每日早晨，"老军需"就领着孙女去外边转转，说是活动筋骨，呼吸新鲜空气。叫秃女去，秃女不，她恋黎明的瞌睡，一直要睡到饭辰。这时候她就做一种奇怪的梦，梦见手里老捉着一条蛇。弗洛伊德的潜意识说："女人梦蛇是表示一种性欲。"但秃女实在没这个要求，按乡下说法，梦蛇是要拾钱的，所以秃女醒来情绪很好。阿媛做了好吃的，要孝敬爹爹，派已经疯病痊愈的儿子来叫"老军需"。"老军需"还和孙女在湖边溜达呢。未名湖虽然割裂成无数块，水还是碧绿。大清早太阳和月亮同时也出现在那里，鱼在游动着，间或要掠出水面，无数的巨鸟就盘旋在其上。"老军需"看那大如簸箕的白肚鹰起飞悠然，也看着那小似酒盅的红嘴鸟在水面点波嬉戏。大物有大物的乐趣，小物有小物的快活，各得其所，热闹湖面。"老军需"很得启悟，不免要发一通孙女听不懂的感叹了。

孙女此时却被一种奇异的现象迷住，她瞧见就在那曾经有过鬼市的柏树洼地里，卷起了一棵尘土大树。又不是树，像是塔。她问：

"爷爷，那是什么，还在长呀？"

"那是龙卷风。"

"龙山上有龙，是龙下山了吗？"

"不是，是雪山下来的两股硬风在刮。"

"两股硬风刮，怎么往上长呢？"

"它们原本是各自向不同方向刮的。对抗起来了，谁也不让，就两股力往上去，往上互扭住旋转，越是旋转就越向上，这就形成龙卷风了。"

"老军需"到底是当过军需，懂得的知识多。说毕了，就和小孙女直看着那龙卷风旋过洼地，旋过湖畔村。最后在未名湖上变成一座水塔了。

第三章　故里

一

　　从前，有一座山。山上有一个洞。洞里坐着一个老头在说：从前，有一座山。山上有一个洞。洞里坐着一个老头在说：从前，有一座山。山上有一个洞。洞里坐着一个老头在说……

　　山里人讲故事都是这么开头的。故事愈是讲近来，年代愈是溯远去，颠前倒后，总离不开一个洞的。

　　论说，这洞是在玄虎山上。玄虎山上的石头皆黑，这洞却是白的。从远处看去，就如同黑黑的夜空上悬着的月亮。至今洞口两侧的石崖上仍残留两行字，一边是："云在山□登上山头云且远"，一边是："月□水面拨开水面月更深"。极有玄味。

　　两行字各剥脱一字，许多人深为惋惜，有欲拟而补之，赵一仁则说："不然，西北东南天地且有缺陷，仙迹所遗为何不能这样呢？"遂使洞更加神秘。

　　洞口不大，尽被白云塞满。步进去，犹如水满则溢，云雾便荡然飘出。疑惑间，听得无数的金属脆声，极有音韵，脖脸处就感觉到湿了。须臾，一切明显，才知道洞旷若礼堂，圆顶之上缀满水珠，晶莹如繁星，眼瞧着由小变大，欲圆欲椭，瞬间下跌不止。依内壁便是八具钟乳大石，非人似人，体态阴柔，似乎低头含笑，或闭目静思，或侧身而泣，或䀹，或怨。正要联想到这是一群女性，蓦然冷风飕飕，侵骨寒冷，逼使你不可久驻。看四周水草则未动，洞壁又无缝无隙，不知何故。出洞来，那飘出的云正在崖头发呆。

故事是一代人一代人往下讲的，便说这白洞原是一个溶洞，生十二具钟乳石，八具围壁而立，四具坐卧其中。随着岁月流逝，钟乳石变成八具，又变成非人似人的形态。怎么变的，何时变的，谁也不曾意识，一切皆于无知无觉中。

现在，洞里除了围壁而立的八具钟乳石，还有两口泉眼，日里汩汩地往外流水。

水原本无形，如今各自在石层上冲出碗粗的槽道，恰又被槽道约束为绳，僵硬硬的，不可拎起。下行一丈，入一口潭里，一支从左斜入，一支从右斜入，水便在潭中回旋。旋半圈，又反旋半圈。再从潭下沿的一个槽口流出，往洞外沟谷去了。而潭的中央，两个半圆的核心处，则浮悬一堆白沫不散，长年经月的。

二

×年×月的×日，赵家的二女回到玄虎山。闺女回娘家，本是平淡无奇的事，但这女子不是寻常女子，她的回来也就有声有响。

三十三年前，正是赵一仁的续弦媳妇三十三岁，她已经生养下两个儿子，一心思谋着要一个闺女，闺女真的就落草了。因为女生二月，二月有犯。一日清晨，后庄的韩家武顺死了娘，武顺拿着水酒点心来请赵一仁书写铭旌，赵一仁就让女儿认了武顺做干爹。

武顺是心口无毒之人，家有一整齐妇人，儿女稀少，平白得了一干女儿，便起名赵怡，视如掌上明珠。

是解放的初期，一日夕阳西沉，于远峰处半含半吐，玄虎山就被红云腐蚀，其景光华灿烂。一跛脚浪人行至庄前讨水喝，忽遥指赵家门楼说："此户人家要出一个人的。"此话被庄人听见，以为神仙指点，铭记不忘。于是，在赵一仁头一个妻子的儿子赵和读完中学，又考入省城大学，便深信"要出一个人的"必是赵和无疑。但二十余年后，玄虎山上的人，甚至赵一仁，才恍然大悟到这个人不是赵和，而是女儿赵怡。

赵怡并没有什么奇才异技，但她是个美人（谁也不相信她出生在玄虎山）。她手足柔软，轮纹深妙，肌肤白净，鲜明离垢。正因为美得出奇，无心学业，使她在学校里课业荒废。但美貌是女人行遍天下的文凭，她的模样和落落大方使她初中一毕业就进入了这个县的戏曲剧团。在剧团里，她亦不是一名优秀演员，而形体的正规训练使她的身体更为健美，更深谙了修饰打扮。她的美貌在第一次赴省汇演时令城里人销魂落魄。极快，她就嫁给了一位年轻的作家。作家比她长五岁，写了四本书，获得过国家文学大奖。文坛上经常制造天才明星，这作家已经弄得声名聒噪。作家文章虽然做得好，但其品性洄涩回互，隐伏绊结，使赵怡有许多难言之苦。这当然是后话，不提。

婚后，赵怡几乎有六年没有回玄虎山了。对于故乡，她是无所谓的。她曾极端仇恨过这块山地，恨不能早日逃脱出去。在城市的文明生活中，她感到满意和兴奋，几乎要从记忆中全然抹去幼时的日月。逢着别人询问她原籍何处时，她只笼统地说"陕南"，且还要注释一句："那里是长江流域啊！"可是，随着女儿的出生，随着丈夫的声名日益震远，随着鱼尾纹悄没声息地爬上眼角，她愈来愈怀念玄虎山。醒悟到虽然每月把钱寄给父母，但却从感情上淡漠了做女儿的孝敬。对亲爹亲娘是这样，对干爹干娘更是这样。

在到剧团之前，她是两家老人的宝贝。赵家的饭菜不好，她可以到韩家去；韩家的饭菜不好，她可以到赵家去。如今的睡梦中，她常常梦到儿时的干娘。干娘喜欢用桂花油抹头，抽一种精致的白锡铜水烟袋。赵怡那时坐在门槛上，一边给干娘吹着纸媒儿，一边被干娘喷出的烟团呛得咳嗽。

那年月，玄虎山老来一位剃着光头的货郎，他用青布带子扎着裤腿，十分潇洒风流。干娘时常买他的五花丝线，绣荷包，绣兜肚，绣花鞋，绣裤边儿。每当货郎来，他总要喂赵怡一块儿"离锅糖"，是用苞谷糁儿熬制的，吃起来很黏。一团头发窝儿才能换一块儿的。赵怡吃得口甜心甜，干娘就说："怡，去塍畔摘几朵金针花吧！"

金针花现在是珍贵的菜品，那时玄虎山的塍畔到处都有，是作为花草任其自开自落的。等她满头插着金针花回来时，货郎已经走了，干娘脸子红红的，头发却很乱。

到后来，干娘就病了。终年睡在炕上，口齿不清，说半截子话。干娘的病是遭人打的。赵怡问过为什么遭打，干娘不说，一直病了八年不说。八年里，赵怡夜夜陪着她睡，如影逐形。干爹睡在另一间房屋里，他蝇面球头，气短色浮，在外受人作践回家仍敬畏干娘。干娘常常发火，言语不清。赵怡就是干娘的翻译。那时候干姐在县技校读书，星期日回来搂着赵怡亲昵，说赵怡替她行了孝。

但赵怡尽了什么孝呢？

干娘疼她爱她，她认定干娘是好人，说："干娘，我长大了，挣了钱，一定让你享福！"她果然进剧团挣钱了，第一个月回家给干娘买了一包红糖。第二个月，干娘就死去了。

三

玄虎山有好几处庄子，都在山腰和山顶上。人住得高高的，为的是离油盆大的太阳近。但山顶上少水，吃用大多还得往八石洞的泉里舀。山顶上更没有许多地，尽凭着沟谷里黑河边的一湾田吃五谷。

黑河很著名，满河滩都是黑石头，湾田里也是黑石渣。劳作的工具只能是一种扇板锄。但庄稼长得好，日光下满田浮动闪亮点，山民们顶得意地说这石渣里是有油的。

黑河宽泛，这湾田就修有头道堰。后又向外扩张，修成二道堰。再后再扩张，又修了三道堰。三部分田用的是一条老水渠堰，很深很长，深长深长的。

论起这一点，赵一仁最易激动。他已是七十多岁的高寿，行将老去，便消失了时间的概念，增加了空间意识。他谈起沧桑变化，不说千年长万年短，只是"那阵子，黑河比现在宽。湾上头的崖，也风吹得矮了。我记得老水渠堰上边不是一堆沙，那是一片大石浪的……"他接着就要说，他的老爹领人修这河湾第一道堰内的地时，怎样抬石头抬断了一仓库的木棒，老奶怎样捡穿烂在河滩的草鞋烧了一冬的热炕，而老爹膝盖上的一指厚的硬茧又是怎样在石窝里砌水堰磨就的。赵一仁虽然呵斥着赵家人以赵家是玄虎山主宗而自矜，但他的有意识的不自矜却正使杂姓人家感到无以言状的压力。

水渠堰决定着黑河湾田的收成。几乎每一年田里需要水的时期，水渠堰上都要发生斗殴事件。轻者两家反目，甚者大打出手。庄人日渐亲疏反常，厚薄倒置，自私自利无宽厚之恩，自暴自弃无远大之见。城市人因交通肇事设置了警察，玄虎山的水渠堰惨案不时发生，便产生了民主推选堰长的活动。这是玄虎山有别于中国其他农村的建制，也是玄虎山英明的创举。

堰长虽然不是社长，亦不是生产队长，但他是天人合一的象征，其权力为唯德是馨的体现。堰长有专门的房子。即使这一年五谷歉收，他也有绝对保证的粮食。他有独自使用的铜锣，锣一响，庄人就得招之即来。而他决定给谁家田里放水，就给谁家放水，旁人不能闲言碎语。黑河水如若暴涨，冲毁了水渠堰，抢修时，堰长则必须挺身而出，第一个下水，死而不惜。当然这类事情极少发生，而其权威却又完全可以使自己私欲暴溢，要挟乡里的。但赵一仁已经是十多年的堰长了，赵一仁之所以是赵一仁，他气量渊深，性格豁达，为人磊磊落落，光明正大。

玄虎山上的社会应该说是平和的。

平和秩序，大具诱惑，从湖北从河南从甘肃河西走廊沿途乞讨而至的人就再不走。赵一仁几乎全为这些人提供生存的方便，端一碗米汤去，送一件旧衣去，且做媒让本庄的一些女子嫁给他们，或者让他们倒上门做了庄子里一些人家的女婿。以至于后来，这些外来人生儿育女自成体系，于玄虎山的某一洼某一沟造屋修田，逐渐又发展成独立的小小村庄。

人生残酷。这些外来人为了生存挤进玄虎山，而玄虎山在失去了供养的限度后又惩罚着这些人，使得他们的日月平静却穷困异常。于第二代开始，男人们已经极难觅寻一个女人来供家庭的成立和家庭的延续。自然，光棍众多，蛮力有余理智不足。当再后又有一些讨饭女人和一些婚姻不幸离家飘零的女人来，必是许多男人围绕，发生有野合怀胎生下不明不白儿女的现象。儿女生下来了，儿女的母亲却死不愿再留在玄虎山而又远走他乡，光棍汉们就将儿女收养。故每个庄子里皆有一些有父没有其母的孩子。

当然，亦有一些更穷困的更丑陋的光棍，年近三十，依旧还是童子身体，就索性割断尘念，进了庆元寺当道士。

四

庆元寺的道长做道严肃，每日给小道小姑讲授炼丹的秘诀：人体就是丹炉，炼丹就是守精。强调道士与道姑不能亲善往来，各自衣不整发不束，囚首垢面。让尘世人看见顿生恶心，让自己见到尘世人而自惭形秽。

每日清晨，寺里古木森森，绿草茵茵，阳光激射，落影款款，正是百鸟在枝头啁啾欢跃，蛐蛐在花间饮露清歌。道长便召集所有道士将被褥搭晒院中，一一检查，检查被褥上是否遗有精斑。若发现，便勃然大怒，即刻罚其苦力。

这炼丹就无异于战场上炸毁敌方堡垒一样惊心动魄。

小道士每天随便从身上可以搓下汗泥时，似乎明白人是女娲用泥捏就的。但总不明白道士是人作扮的，人既长有阳物，为什么偏要炼丹呢？便只有去八石洞汲取泉水时面对钟乳石，想入非非。玄思这八尊石头如此酷似女人，何不又于某日某晚，当然更好是他们汲水之时变为活女人呢？一时似被一种什么东西刺激，浑身焦躁不安，忙盘腿静坐，以草茎掏耳。再看女神时，却突然生出一种疑惑：这些女人神色阴郁，神仙也有什么痛苦吗？

五

后庄村口有一棵白皮松，有一搂粗的。枝叶并不茂盛，最上端的几枝，皮已脱落，像交错的骨架。一个庄有一个庄的风水镇物，金盆庄是一株千枝古柏；腰庄村是一尊牛角石；白皮松在后庄村就无人敢损坏。虽然那骨架似的枯枝上常年集宿着蝙蝠，这丑陋不堪的黑鬼将双肢吊在树上，用皮翼像裹被单一样包起自己。

从金盆庄赵家的门口望去，后庄村的白皮松就是在天幕上。

许多年前的一个下午，这白皮松下吊着两个人。一个很风流的男人，一个很妖媚的女人，皆剥得一丝不挂，双手被绳索拴在树枝上，脚尖恰能接地，任愤怒的庄人用树棍抽、鞋底扇。

男女是在洼地的草丛里野合的。当时春风和煦，天高气爽，蕨菜长得很嫩。采蕨人走到洼地，看见路边一挑货担，装有五色丝线，却不见卖货的人。后发现草丛摇曳厉害，就将他们抓获了。玄虎山上的光棍们可以与外来乞讨的女人野合，但却不允许这一对男女受活。因为光棍汉们野合是以延续后代为目的；他们的野合则纯粹为了自悦，且有夫之妇与一个外来的男人勾连，这便令玄虎山的男人大受辱没，激怒不已。

人们拷打着男的，男的很羞愧，眼睛死闭，讨饶求告。女的则大睁两眼，逼视得拷打人也胆寒，将她解下来，让被单裹住身放生去了。

男的吊打到天亮，赶下山去。据说从此生意破产，得一种鼓症死了。女的则患了风湿性心脏病，卧炕八年不起。

赵怡从省城返回玄虎山，她得知干爹早也下世，干姐虽未嫁人，但工作到县城，已经是城关镇的妇联主任，将玄虎山的老屋也拆除变卖了。

一个暮色苍茫的黄昏，她站在白皮松下。遥想往事，临风独然涕下。白皮松还是旧时模样。一搂粗的树身，皱着爆裂的白皮，像害着什么牛皮癣。赵怡想，春夏秋冬，皮脱落一层，新生一层，这白皮松怎么还是那么粗？而这么粗又是怎么粗起来的呢？

后庄村的人发现白皮松下站着一位绰约美妙的女人，傍晚的苍茫里他们的眼睛异常明亮。他们已经忘却了白皮松下曾经发生的事情，所以对美人的出现极为惊诧，不敢近前，亦不敢动问，远远地定着眼珠。

这么沉默半晌，终于有人认出这是赵家的二女，那个省的作家夫人。他们无不感叹这女子在省城出息得如此富贵荣华，好多光棍汉开始身子摇晃，——到厕所里去小便。他们并没有解下黄汤，而排泄了令他们焦躁不安的一种异样的液体。那些有父无母的小光棍们，业已长大，此时飞跑进庄，报告着白皮松下的新闻。旋即有一位中年汉子，披衣而来。

远远的场地边，男女老幼在议论着赵怡，热羡着她的高贵和其丈夫的声誉显赫，说起了三十三年前跛脚浪人的谶语。中年汉子便说："什么事，大惊小怪？丢玄虎山的人了！"

在厕所里的有贼心没贼胆的光棍们说："你新做了堰长，有钱有势，可有这号女人？"

新堰长说："城里人享得，我怎享不得？！"

光棍们就煽惑："你敢去亲亲？"

新堰长一把抓下披着的衣服，一枚气体打火机就从口袋里掉下来，他捡了，说："那今晚的酒你请吧！"

就走近去，也装着看白皮松，眼睛盯住树上的一只蝙蝠，突然在赵怡脸上亲了一口。

赵怡已经将思想沉浸到另一个冥冥世界中去，冷不防被人亵渎，无比愤慨，甩手扇其一个极响的耳光。差不多在新堰长撒脚逃窜的刹那，观望的男女尽作鸟兽散去。

赵怡轻蔑地笑了，这位手拎呢子外套，而衬衣领子满是黑污的勇敢汉子，他毕竟不同于城市里的流氓。赵怡想得出这号被装潢了的土特产式的人物的德行。

六

玄虎山的对面就是青龙沟，沟吊十八里长。

一沟上下长满了栲树林子，玄虎山人常在那里捕捉崖鸡。崖鸡极肥，双爪短翅又无力，持枪的人不必装火药砂弹，两边梁上各立一人即可。这边喊："噢——！"崖鸡就飞落那边梁上。那边喊："噢——！"崖鸡又飞落这边梁上。如此呼喊不已，崖鸡往返几次就精疲力竭，终于在空中昏厥，突然如石子一样坠跌身亡。玄虎山人肚腹中的腥荤就来源于此。这是早些年里的事。后来崖鸡就日渐绝少，山民们无利可获，就又伐林烧炭。粗树砍没了，砍细的出售把杖。破坏自然而被自然惩罚，住在山里的人竟没有了柴烧，沟里的树桩和树根也便在几年之中刨尽挖绝了。

三年前，一个不安分于种地的青年，为了父亲，也为了自己，与在一年一度的选举中获胜的新堰长打斗了一场。结果身败名裂，反从此坏了其父德行，就开始了写小说。

当今文坛上讲，小说是一种宣泄。这青年初次上阵。其动机却也与时兴主张投合，就写了厚厚的一沓稿纸，并不远千里到省城去见自己的妹夫，要求将这部揭露新堰长丑恶的小说发表。当作家的妹夫却刻薄地讥讽了他，说："作家是想当就能当的吗?！"这青年从此收心，返回家乡仍无所事事，恨自己生不逢时。

偶尔在青龙沟西崖畔发现两个大而异的石窝，就十分新奇，以为是考古学杂志上所说的恐龙足印。遂上书县科协，遭一笑了之。他又上书北京，出乎意料，北京考古研究所竟来了人。考证了十天，同意青年的看法，却认为没有更多的考古价值就走了。青年的发现虽然未被重视，但因其观察准确而从此十分自信。心想，有恐龙足迹，必有恐龙遗骨。听说龙骨十分值钱，何不挖寻？于是就挖寻不止了。

果然，某一日挖出了拳头大一块儿，卖得十二元，便越发起劲，吃住在青龙沟开始了新的生活。龙骨化石越挖越多，青年骤然暴发，整个玄虎山都为之震动和诱惑。一时间，几乎所有的劳力都扑进青龙沟。以青年的经验，龙骨多在土层下的石层缝中，且一旦发现就深追进去，故崖土时常倒塌，好几家汉子就死不见尸，永远留在那黑暗的一方。

死的活该短寿。生的仍大发其财。挣了大钱的开始往山下川道地婚娶姣好，挣了小钱的往更深远的山坳去说媒定亲。真可谓：淑女一夜成佳妇，从此奇男已丈夫。而上了年纪的长得丑陋的则接管了被崖土砸死的人的家室：老婆有了，儿子也有了。

这一年，黑河湾的稻子长势不错，可到了七月，一次洪水冲毁了水堰。

新任的堰长夜半醒来，将一面铜锣敲得山响，所来者尽是老弱病残。堰长气得骂爹骂娘，后来就骂这领头挖龙骨的青年。骂得赵一仁一肚子怨恨又不能出声，第一个跳进水中挡缺口。新堰长不骂了，第二个跳进去，新老堰长合抱一起喝令人们将沙包在他们身后填下。这一夜忙到天亮，赵一仁从水中爬出来，一头栽倒昏迷不醒，新堰长的大腿被石头砸伤。一个多月，一个腿上贴有狗皮膏药；一个太阳穴上印有火罐拔毒后的黑红斑，久而不散。

秋季粮食减产。尤其在稻子扬花灌浆时，新堰长拒绝给这青年家的田里放水，致使颗粒无收。这青年则雇人到川道地集市上买了三担白米，故意差人挑着从新堰长的门前经过。

此日正是乾坤朗朗，新堰长将固定的职务补贴费买了一台高档收音机在门口听戏，忽见这青年领着挑米人得意而至，知道来者不善，将收音机开到最大音量。

青年却说了："堰长，你的腿伤好了？"

腿伤并没有好，狗皮膏药几天不贴，伤口还沁流黑血。

青年又说："我这儿有止血良药！刮一点末儿，敷上便好！"随手将一块儿龙骨丢过去。

两个血气方刚的人就在灿烂的阳光下又一场好打。

七

庆元寺的香火极盛了。老户的女人和新做了玄虎山的女人都来祈祷丈夫的吉祥。她们现在脖颈上依然汗垢厚重，却衣着新鲜，将钱往神位前的化缘箱里塞。多则十元二十元，少则三元二元。神案旁静坐的老道，一脸高古，并无喜悦之色，喃喃地说道着一件骇人的事体。

女人们的长舌便将老道的话扩散开来，说是一日有小道去八石洞泉中汲水，发现近旁一阵风吹草动，森森可惧。扭头看时，石坎上一派绚烂，一条五色大蛇绕身而卧，大若筛盘，中间高扬头颅，红舌闪动，如电如焰，双目晶亮，逼射绿光。而距蛇一丈余远处，一只草蛙直立了后肢，在巨蛇的注目下，不跑亦不惊叫，竟一直看着蛇，像是被无形的线索所牵，一步步挪近过去……

这说法使玄虎山人既惊骇，又怀疑，后查问小道，方胆战心悸，再也不敢往八石洞那边去，吃水则绕道到黑河。

小道们则是不怕的，依然去八石洞汲泉水。每每注视着酷像女人的石头，就作想这女石的眼睛怕也是蛇的眼睛吧？虽然明白这是一种罪过，但还是被那目光所慑，一步步走近去，将炼就日久的丹宝遗失裤裆内。

又后，寺里收一幼徒，同师兄去汲水。师兄凝神偷窥远处一女人，幼徒问看见什么？答之：蛇。而等到这幼徒又一次同师兄汲水时，发现了一队运木头的人群，人群后站着赵怡，他便悄声问师兄："你怕不怕蛇？"

师兄惊愕地看着幼徒，幼徒还在喃喃地说："我爱蛇。"

这当然又是后话了，作罢作罢。

八

四姑娘赵艮，入夏来臂膀开始滚圆，胸部开始突起，但却愈来愈不能见到草绿的颜色了。

两年前，她去省城姐姐家帮着做饭，一去就是一年半。正是易于幻想的年纪，她很快适应了异于玄虎山的环境，烫发，描眉，涂胭脂，习说一种极生硬的普通话。每当姐姐和姐夫出外参加什么集会，姐姐总是拿不准穿什么衣服，梳什么发型，姐夫就站在一边做她的镜子，说："前走几步，再走过来。转！"姐夫就扑过去将姐姐抱住了。赵艮看到这一切，就赶忙闪进另一间房子去，热羡着他们的幸福。而姐夫偏又扯着姐姐过来说："艮，瞧瞧你姐姐出去不会给我丢人吧？"

姐姐姐夫一走，赵艮就呆呆地坐好长时间。夜里同小外甥女睡在床上，听到隔壁姐姐和姐夫弄出许多响动来，赵艮又要辗转失眠。

赵艮是最小的女儿，也是家里唯一待嫁的姑娘。爹和娘为此而操心，常来信要赵怡帮忙在城里找一婆家。一个农业户口的女子，怎么可能在城里找上对象呢？姐夫凭着自己认识的人多，四处打听，目标只能是在城郊蔬菜经营村了。可是找了一个，两个，三个，四个，赵艮皆未看中，要不就是家境不富裕，要不就是模样丑陋或一派猥琐，往往和人家谈那么一月二十天就告吹。

姐姐说："你到底要什么人？"

赵艮说："他连新堰长都不如！"

新堰长当然是玄虎山的新堰长。她认识新堰长，新堰长却并未注意到她。一个冷脸蛮汉子，赵怡是记不起来的。

姐姐就生气了，问那为什么不嫁给新堰长，妹妹则说他一身蛮力，却不文明。赵怡弹嫌赵艮这山望着那山高，赵艮则怪赵怡不负责任。姐夫就托人又找到一个，小伙子家境极好，又正服役，且一表人才。姐夫说："这次要谈就谈成，要有反悔，我们就不管了！"赵艮并不是怕威胁的，她一见到这军人，真的就神摇情动，暗地叫他是"人魂"。

家里设宴请军人来。他穿了一身草绿军装，英俊潇洒，风流大方。饭桌上，一盘烧鸡端上来，赵艮先动手将一只鸡大腿撕下来放在军人的碗里，又将另一只鸡大腿撕下给了姐夫。

赵怡笑着说："鸡要有三条腿就有我吃的了！"

赵艮立即脸色绯红，慌慌地说："哎哟，我还以为鸡有四条腿的！"

但是，军人吃过这顿饭的第三天，竟对赵艮说："我们永远做朋友好吗？"使赵艮立时如坠深渊。

赵艮哭了几天，躺在床上不起来做饭。姐姐说："这下你该清醒了吧，人家看上你的，你看不上人家；你看上人家，人家却看不上你。照你的恋爱观，就是你看上的，过门三天就又看不上了！"赵艮和姐姐吵，吵得挺凶，赌气搭车回玄虎山去。

赵秀大姐在他们家的附近又为妹妹选择了一个木匠，面虽然也见了，也接受了人家的彩礼，但印在赵艮脑子里的仍然是那个军人。她对于无情的军人越来越没有了刻骨的仇恨，反倒觉得军人的拒绝正是具有新堰长那种蛮力，更像个男人。就一天深似一天地怀念他，虚构他，美化他，军人已经像神一样高大和光辉了。

她为自己买了一身草绿色的服装，每夜将草绿色的裤子叠好压在枕头下。她甚至一看见草绿色，就喜上眉梢，眼睛发直。

差不多的夜梦中，她都见着了那军人。军人为她购买了许多衣服，一件一件替她打扮。将她抱起来，她软得如同一根面条，他就旋转她。后来就共同倒在地上，她得到了从来没有过的痛苦，却也得到了从来没有过的痛快。

赵艮的乳房一天天膨胀，臀部也日益丰满，她突然感觉到她怀孕了。这念头虽然古怪荒唐，却越来越强烈，直到一个月已经超过二十多天了经血还没有来，她就证实自己是怀孕了。

赵艮变得十分地惊慌和烦躁，她不敢当着娘和两位嫂嫂在木盆里洗澡。偷着喝醋。当赵秀大姐再次领着那木匠来到家里时，她死活不见，大声叫着："我不能嫁他，我不能嫁他！"全家人都莫名其妙。问原因时，她则一句话也说不出来。她怎么启口说她是怀了孕的姑娘呢？

此后的赵艮，就十分憔悴，自己认定自己成了一个"流氓"，她要在实在不行的时候就独自一个人到一个什么地方去，生下那个草绿色的孩子，就再不回玄虎山了。

59

九

清晨，黑河水面弥漫了一层蓝雾，蓝得像火苗子，似乎就在这燃烧中，天要白了，太阳要红了。山根的一棵糖梨子树上，几十只蝙蝠像吊死鬼一样吊起来，动也懒得动。高山寂静，流水更空。一群大雁就从远远的地方排成人字形飞过玄虎山。这个长途迁徙的鸟的家族，男男女女老老少少，已经极度疲劳，落集在黑河沙滩上作歇，个个将脑袋埋在了翅膀之下。担任警卫的两只，一只在前，一只在后，它们捕捉着动静，后来就眺望玄虎山，以及玄虎山上的那个白洞。

在距雁群一千米的地方，突然出现了一个木架，木架有两拃余高。或许在雁的眼里，那是一截朽木，根本不屑于注意。然而这木架却在缓慢地移动，木架后，匍匐着两个人和一条狗。狗是不会匍匐的。它便被一个人用胳膊夹着，竟默不作声。木架已经移到离雁群一百米的地方了，那个人将乌黑的枪管支在了木架上，并且开始瞄准。但是，歇息的雁目标太低，那夹狗的人就放下狗，一个手势，狗如箭一般冲出，汪汪大叫。警卫的雁明白了木架后躲藏的危险，一声惊叫，雁群啪啪起飞，但枪声响了。枪膛里装的不是子弹，是砂弹，一打一片，眼瞧着五六只大雁扑啦着翅膀跌下来。

持枪人喊："怡，打中了，中了！"

枪声的余音，还在河谷里回荡，耳朵已经麻木的赵怡，倒在沙滩上还未反应过来，狗就叼着一只肥嘟嘟的猎物来到她身边了。

赵怡说："三哥，你这法子真妙！"

赵奇说："打雁我可拿手。崖鸡没有了，雁肉比崖鸡更细。上个月我就打过一次；那次是八只，三只给爹和娘吃了，一只送给大姐，一只送给大哥，剩下三只我炖了一锅，二哥的两个孩子和我的那两个一人一碗，轮到我只喝了半碗肉汤……"

赵怡说："今晚我来做，你看看我学到的手艺，保证你先吃。"

赵奇说："这可不行。我想杀了敷上盐，爹生日那天吃四只，你走时带两只。"

赵奇说罢，小眼睛眨眨，就提了筐子去大雁落过的地方扫集雁粪了。他用脚将雁粪拥到一起，双手捧着装进筐里。瞧见妹妹在看他，就说："这粪可壮呢，爹爱吃烟，我每年给他种烟苗就施这粪。"

赵怡说："三哥还行，我还以为你们做儿子的一分家，就不管爹娘了！"

赵奇说："你以为你有钱给爹娘寄，我们做儿子的就不孝顺了？大哥在外，二哥又不常落屋，这个家还靠我维持哩。"

十

三女赵云听说赵怡回来了，已经是一个星期五的下午。她想：明天下午，德发就回家，若时间尚早，限黑就可以到娘家。

多少年里，赵怡一直是给娘家寄钱的；大姐赵秀也常回去替娘缝补浆洗；赵云在家没有主权，也没有钱权，她感到有愧于爹娘。这天夜里，她和面烧锅，想给娘蒸些馍馍带去。

待馍蒸好，两个土匪一般的儿子还不睡，她说："给你两个热蒸馍！"一语未落，门突然敲得山响。赵云吃了一惊，大气也不敢出，屏气静听，以为是什么歹人来了。过了一会儿，门还在敲，她怯声问："谁？"门外回答："开门！"是德发的恨声。

门开了，德发进来立即就关了门，顺手将墙根一把铁锨抄在手中，喝问："哪个狗 × 的在屋里藏着？！出来！"

赵云说:"你怎么这个时候回来?"

德发说:"我回来得不是时候?!把野汉子藏到哪里了?"

赵云说:"你是故意回来捉我的?你搜出狗大一个野汉子,把我杀了!"

德发上楼下窖,翻箱倒柜,一无所获。说:"'给你两个热蒸馍',热蒸馍是啥,是你的奶奶!"

赵云说:"你看你儿子吃的什么!"

两个儿子如两头小猪,缩在被窝里一声不吭,狼吞虎咽大嚼不止。

德发理屈气短,脱鞋上炕,说:"不年不节的,蒸的什么馍馍?"赤身而睡。赵云痛定思痛,一肚子冤枉,暗自抽泣。德发却爬过来了,他要干他应该干的事情,赵云不肯,但她哪里抗拒得了。等到他滚到一边时,赵云说:"还相信我不?二姐从城里回来了,咱明日去看看。姊妹几年不见了。"德发说:"不去!"赵云说:"怎的不去?人情世故也不要了?"德发说:"你回去又要找二顺吗?"赵云冷丁噎住,再无言语。夫妻又分头睡下。赵云把枕巾泪湿了。

二顺是玄虎山腰庄人,和赵云是同学。早先俩人恋爱过,赵一仁不同意。他看重知识,将赵云定给民办教师德发了。

赵云那时很犹豫,但德发在苞谷地里占有了她,从此死了与二顺的心。婚后,二顺却给她来了一信。信托人送来时恰好德发在家,德发要看,赵云说是同学来的,不让看,上茅房时拆开,识得是二顺笔体,忙想:怎么是他来信?德发本来就怀疑她和二顺恋爱时有越轨行为,他今来信怎么得了?!并未看信就撕得粉碎,冲进茅坑。德发还要看信,她说撕了,拒不说谁的信,德发立即认定她与二顺仍有来往,一顿好打。从此,赵云就成了德发练拳之物了。

第二天,赵云又提出回娘家的事,德发火起来便打。这一次打得狠,一个权把都打断成两截。赵云疯了一般,抱起两个儿子哭哭啼啼地回到玄虎山来。

赵怡初见赵云，不觉吃了一惊。听说赵云婚后狼狈，但她怎么也想象不出赵云会失了形体，衰老成四十岁的模样了。姊妹俩和娘抱头痛哭。赵怡说："云被德发虐待成这个样子，你们怎么不管？爹，你怎么不管？！"

赵一仁长吁短叹，只恨自己当年瞎了眼，让女儿进了火坑。

赵怡则去喊叫了二哥三哥，要合伙到民办教师家去找德发。赵家人不是死完了，不是窝囊废，让人家如此欺负自己妹子？兄妹仨人，如三只虎豹熊罴，要出门去，老爹挡住了，说："德发那贼，不是说理的人，去还不是白去吗？他当民办教师，还是我托人说的情；他能挣几个钱了，就看不上云云了。我去教训过好多次，他竟也不肯上我的门了！怡，你才回来，你是什么身份，你这么去，反会惹人耻笑咱的。让云和孩子就多住几日，咱慢慢想个长远法儿吧！"

闹事没有成功。但第二天里，赵一仁的外孙在外玩耍，突然回来对赵怡说："姨，我爹让我娘回去哩！"赵怡说："你爹在哪儿？"孩子说："在村外毛拉渠里。"赵怡和二哥抄了铁锨要去抓，赶到毛拉渠畔，德发却兔子一样逃跑了。

赵怡对赵云说："你就不回去，看他怎么来打你？你也是太软作了，他打你你就不会打他吗？"

赵云便在娘家待下来，做姐姐的掏了四十元钱给她，又给她和两个孩子各缝了一身新衣。

十一

一个四十二岁的医生，与赵和极要好。五年前，妻子患癌症了。拉扯着十三岁的儿子守男寡。儿子转眼十八，长得和父亲一样高大，生性又同父亲一样戏谑无常。故平日生活里，没大没小，视父亲如朋如友，如兄弟伙伴。医生亦不加管教，反以此为乐。他有心再度续弦，儿子则约法在先："爹，你要恋爱，你可以自由，但一定要娶一个她的年纪是能够生下我的人。"二婚毕竟难找，且男人的秉性是，女人年纪愈小愈好。医生找了一个，正谈得有门，儿子知道了，大为不满，就在一次爹与那女的相会时，进去说："姐，你来了！"女的顿时面赤，夺门而去。医生哭笑不得，以后再与别的女人恋爱，严加保密。儿子却每日回来翻箱倒柜，觅寻家里有没有陌生女人的照片，或者陌生女人给爹的来信。过了几天，正色对爹说："爹，你近来表现不好，我要把年龄再提高两岁！"再过几天，又对爹说，"爹你这几日还可以，年龄可以降一岁！"

赵和给医生找了一个，医生也是认识的，模样不错，年龄也正好，却为难说："人家会看上我吗？"

赵和说："有我撮合哩！"

医生说："人家是搞政治的，我是浪荡惯了的人，娶老婆可不能娶个家庭政委！"

赵和说："再搞政治，她也是个女人。我了解她。说起来，拐弯抹角她还算我的亲戚哩。"

但这场婚事却迟迟不能确定下来。

到后来，医生的儿子悄悄告诉爹，说外边有人议论赵和与那女的关系那个。医生第一次训斥了儿子，说："别人能怀疑，赵和怎么能怀疑？赵和是有知识的人，怎能把一个自己玩过的女人介绍给朋友？"医生虽然这么训斥儿子，自己心里却也不免有些恐慌。他有意去试探过赵和的妻子，装作打问这女的人品。若丈夫有外遇，妻子总是十分敏感的。没想赵和妻子则满口夸赞这女的。医生遂放了心，自此觉得儿子又是来给自己搞破坏的。

十二

赵家在修好了黑河湾头道堰后，粮食有收，家境渐富，就想在玄虎山好好建造一所院落。当风水先生夹着罗盘踏遍山上的每一处，认定了好穴位只有八石洞前的土坪和山北头的一个洼地。这洼地人称金盆洼。赵家认为，佛仙之地，人不可侵占。却放弃了八石洞前的土坪，而大请匠人在金盆洼破土动工。

金盆真可谓盆子。四面高，中间凹，向阳，避风，土质下湿。且能看见后山峁上庆元寺的塔影，一早一晚闻得寺里做课的钟声。但是，川道地何家村的何先生也识风水，来到此地，竟说："这当然是好穴，可寺塔太近。塔是钻，是锉，会使金盆漏底的。"赵家人大恐，问何以禳治？回答是：除了面塔的方向栽一棵千枝柏树外，还需造屋的工匠一律姓顾。

顾者，谐音箍也。赵家就全然收拢姓顾的人来做工。于是，赵家兴旺。赵一仁小小年纪便读完县立中学，二十二岁上，何先生将自己的小女婚嫁于他。也活该这赵家发达，赵一仁三十岁上竟做了这一带的保长。

按解放初期的政策，保长属反革命之列，是要镇压和管制的。但赵一仁却安然无恙。一是因为战争年代，这山上是红白拉锯区，赵一仁明着给国民党办事，有护兵，有礼帽，有一根文明拐杖；暗地里却也为共产党服务，送过粮，介绍过自己的好友刘大夫给伤员治病，因此，他算是开明人士。二是因为拉丁派夫，他从不骚扰本地；本地出现土匪强盗又极力追捕缉拿，他又是个无恶行的人。当然，改朝换代，他从此就做了普通农民，虽然共产党游击队里的马夫一解放也当了县里某一部门的领导。

何氏寿短，却是享福之人，她早不死，晚不死，当赵一仁不能做保长了，她就死了。她死得十分平和，面嫩唇红，有如生前，赵一仁将她下葬在祖坟地里。

何氏留下一女一男，女十岁，男四岁，这是赵一仁一生中最没日月的时期。好友刘大夫常来同赵一仁饮酒，知道他的苦楚，便主张将其妹又嫁给赵家。刘氏那时正处年华，虽不是天生丽质，却也端庄整齐，且为人善良，心地柔软。过门之后，待丈夫百般体贴，抚前房儿女如心如肝。先是要前女赵秀去学堂读书，赵秀性钝，厌恶学业，刘氏日日亲自送到学校，自己竟也立于教室窗外识得日常用字。后见赵秀实在无心读书，遂叹一口气，留她在家教其女工针线和烧饭做菜。待到十九岁上挑选了后山一户富裕人家出嫁了。幸喜前儿赵和生性聪灵，学习优异，刘氏便一颗心操在他的身上。当赵和读完中学，考上大学之后，同父异母的两个弟弟三个妹妹先后就降生，赵家又是一番欣欣向荣景象。

十三

一场雨后，玄虎山的空气异常清新。玄虎山的空气完全可以拿到世界上去卖的，赵一仁却不理会，也辜负了这好时光，倒在炕上闷睡。沉沉一觉醒来，忽然看见屋里十分亮堂，对面墙上出现一片光影，袅袅款动，如无数的银蛇在舞，很是好看。他问："怡她娘，太阳出来了？"

刘氏在院中说："太阳出来了！"

赵一仁和刘氏生养了两个儿子三个女儿，他们相互称呼，却总习惯是"怡她娘""怡她爹"的。怡是给赵家争了荣光的人物，这既是做爹的功劳，也是做娘的功劳。

赵一仁从炕上爬起来，走到院里，院子里还积着一摊水，屋中的光影正是这水的反射。刘氏正和几个老太太在台阶上说话。他们又说起了赵怡：假定当今金銮殿里还坐有皇帝，赵怡必会去做了后宫娘娘。那么，娘娘回到玄虎山，那就不是回娘家，是该叫作"省亲"，爹娘也得下跪行礼了。刘氏嘎嘎直笑，说："赵艮从城里回来说，城里的老婆子都工作，都会骑自行车的。我说，我是个瞎老婆子，啥也不会，可老娘肚皮子好，能生出个你怡姐姐哩！"

赵一仁打趣说："你是老母猪生了金麒麟嘛！"

刘氏说："我说得不对吗？壮了你赵家的，还不全靠了我的肚皮？！"

说罢，她倒笑了，几个老太婆也笑了。赵一仁想了想，还是笑了一下。老伴的话说得不雅，确也是实情。赵一仁这一时期来心绪不好，赵怡回来，也多少使他脸上活泛一些。这日阳光初现，山清气爽，他是有兴致出去走一走的。

到什么地方去，他毫无目的。不自觉地就走到黑河湾，望着那三道堰的田地，想到了很遥远的历史。后又上得山来，直爬上最高的峰上，玄虎山的沟沟洼洼尽在眼底，各处的庄子七户八户，十户二十户，散若晨星。有的人家正在屋前石磙子碾盘上碾米，姑娘尖着嗓子唱一种曲儿。更远的坡地上，一群孩子在捡地软，说话声音颇大，却听不清音，嗡嗡一团。一头毛驴驮了两个偌大的粪筐，在山路上无人驾驭，独自运输……这些庄子，这些人家，赵一仁看起来极其亲切，又极其伤心，想到了自己的过去，更觉得现在委屈。他不愿再看下去了。

他在一种无知觉的状态中，走到了八石洞前的草坪上。心绪坏得很，看见了石洞口的对联，也没有进入到对联的玄境中去，到后来就坐靠在一棵树下，沉起脑袋了。突然，白洞口涌出一团一团白云来，且一阵嬉闹声随之而来。赵一仁惊疑：是谁在洞里，这般热闹？遂一步步走进去，但见洞内朗朗光明，没有了八具钟乳石，而是八个女人，粗细长短，各不相同，皆艳美绝伦。女人们并未发觉赵一仁，极尽杂技：有的在潭面倒立；有的在空中平卧；有的在手指上托一同伴；有的忽大忽小，变化无穷。赵一仁哪里见得这等好景，如痴如醉。忽听那个在同伴手指上的女子说："爹来了！"

便见八女全然静立，一时穿着一色，容貌相同，后又紧张地将潭水泼向洞顶，洞顶缀满水珠，八女又飞上摘下水珠，那水珠已成金珠银珠了。赵一仁在家儿女们口口声声叫"爹"，初听八女说："爹来了！"还以为说的是自己。正不知所措，一阵风起，洞中央出现一个白发白须老翁，说："我也太放纵你们了！让你们在这里采集金银珠，你们却如此嬉闹，胡逞什么精能？！"那曾空中平卧的女子说："爹，我们采集了这么多金银珠！"老翁说："采集了金银珠，就要更安分修身养性！谁也不能胡闹！"八女齐声说："是。"一阵风又起，老翁不见了，那曾在潭面倒立的女子说："爹想得倒好！"气冲冲地，抓一把金珠银珠撒在地上。有一颗金珠不偏不倚正打在赵一仁的脚上，赵一仁"哎哟"了一声。有一女急叫："有生人！"顿时洞内弥漫白云，什么也没有了。赵一仁大觉遗憾，狠狠捶打自己的大腿，大腿一疼，睁开眼来，原来是南柯一梦。

再看远处洞口，洞内走出两个小道士来，各挑一担桶，一路趔趄，水泼洒一地。

小道看见了赵一仁，先是吃了一惊，赶忙说："赵家伯伯，你怎么在这儿？"

赵一仁说："我吃一袋烟的。"说着，起身快快地走了。

十四

这是"文化大革命"中发生的一件事：

距玄虎山后四十里的朱雀洼，有一烧窑的老巩。古诗上讲：两鬓苍苍十指黑，就是他的形象。这一年腊月二十三，老巩烧就了一窑木炭，父女俩各挑了一挑到县城去卖。天寒地冻，飞雪飘零，卖得好价钱，父女俩腰里系了绳索，肩上扛了扁担，踌躇于十字街心。街心有一个安全岛，原是站着一个交通警的。现在警察也造反去了，那安全岛还在。父女站在上边，东瞅是一条大街，西瞅是一条大街，南瞅也是一条大街，北瞅还是一条大街。不知该往哪里去？县城里人来人往，皆胸前别有一块儿领袖像章，老巩父女自惭形秽，也便去一家商店各买了一块儿。出得店门，日头已经正午，雪地里看得见自己的影子在脚下委顿。女儿说："爹，前腔贴着后腔了，咱去吃一碗羊肉泡馍吧！"父女赶到一个小吃铺去，正待买票，忽见有人急急往一家商店去，不解何事。有人就抱了领袖石膏塑像过来，说是新到的，如获得宝贝一般，双目放亮，得意之色溢于脸面。老巩便说："看看，咱那洼里是没有这种塑像的，隔壁那家有碗大一块儿领袖像章，还常常向咱炫耀，咱买了这塑像，就可以祛祛他的神气了！你去瞧瞧，那塑像一个几多钱？"香香旋即而去，立即回来，说："一个十元钱，两个二十元。爹，咱买两个，将来……"女儿没有说，老巩知道女儿想留一个将来要做嫁妆的。就将卖炭钱全部掏出来清点，正好二十一元零五分。父女就去买了塑像，又回过来各买了两碗汤面条吃了，欢天喜地回家去。

父女将塑像各抱一个过市，果然赢得众多的人企羡，打问出售的商店。但是，距家路远，抱着塑像行走不便，父女想来想去，想出一个绝妙法子，将系在腰里的绳索轻轻系在塑像的脖子上，然后就结个套儿挂在胸前。这么收拾好，刚走过百十米地，街上行人全都驻足注视他们，且目光发直，张口结舌。父女俩自以为得意，忽听得有人喊："他们要吊死伟大领袖！抓现行反革命啊！"旋即街上行人一拥而上，就把老巩父女扭住了，立即又打倒在地。香香喊了一声："爹"，鼻梁上挨了一拳，血流如注，昏厥如死。

香香醒来的时候，她已身在一个看守所里了。

不久，老巩死在牢里。

那时候，县城的监狱小，犯人骤然增多，于是有关部门就招了许多工匠在那里扩建监狱。工匠中有一个二十七八岁的光棍，是个见了女人就走不动路的角色，却偏偏命蹇，没能娶妻，就常常瞧着女犯人发痴发呆。

牢里有一女犯，被捕时已怀有身孕，数月后要分娩了，被保释出去一个月以便分娩。能出去一个月看花红草绿，见太阳，吸清新空气，与亲人团聚，其他女犯人就大受诱惑和启发，便有偷偷做些荒唐之事的。虽然那时看守并不怎么严密，但做这等事极少有成功的可能。香香先是在大牢押着，后因是属于政治犯，便单独关在院角一间小屋里。她常趴在木条格门上往外张望，巴望着哪一天能从这门里出去。这也就看见了一有机会就痴眼看她的那个光棍。

终有一日，也该是天赐良机，天黑无人之时，这光棍竟溜进院去，隔着那木条格门做了一场好事。没想香香竟怀孕了。虽然香香为此遭到一顿痛打，但九个月后，还是让她出牢分娩。光棍在干完那事之后，问了香香的家世地址，也告知了自己的原籍，但心头惊虚，很快就离开县城，回玄虎山一去不返。待到香香回家分娩，他探得消息，喜出望外，抱了孩子回家喂养，想今生今世也不枉到人世，没妻没室却可以有一个儿子传宗接代了。

四年后，香香的冤案得以平反，出狱后竟寻到玄虎山要她的儿子，光棍便再没让她走，第二年就又正正经经生下一个女儿来。

十五

赵怡回来之后，香香就病得不轻，她患的是一种恐人症，终日不敢在村巷抛头露面，只躲在炕上喊头痛。赵怡抱着一堆礼品去看她时，她哇哇叫着，竟扑过来用手抓赵怡的面皮。娘过来打了她一个耳光，喝道："香香，你人狗不分，她是怡啊！"香香方怯怯地退后，又缩在炕角，翻白多黑少的眼珠，貌似槁木，形如饿鬼。

赵怡询问娘，二嫂怎么病得这样？娘就浑身发抖，老泪纵横，却不肯说下去。赵怡就责怪人病成这样，为什么不去看医生？娘说不知看过多少医生，中药也不知吃过多少服，只是治不好；仅花给庆元寺道士道姑的禳治钱也有一百五六了。赵怡这才发现，分给二哥他们的东厦房的门重安了，原是正南方向，现却斜向东南，夹门框的胡基并未涂上泥巴，缝隙里塞着一团一团头发窝子、烂衬棉絮儿；而门框上还贴着一张黄表纸符。

赵怡私下里问三嫂孙月绒。孙月绒五大三粗，相貌黑丑，人却是顶老实勤苦的一个。她见赵怡问她，便把实情一五一十倒出，毫无掩饰。自二哥挖龙骨发了财后，先是脾气变得特大，回家就要好吃的、好喝的，稍不顺心，便破口大骂香香："你娘的×，把你养活得要做皇宫娘娘？！"再后来，二哥就弹嫌香香牙长眼小，腰吊腿短，屁股像筛笸。香香说："我就这难看样，你当时还抢哩，那你是眼瞎了？！"二哥就大打出手。爹实在看不惯，一气之下，将一家又分了三家。分家后，二哥打闹一个时期，慢慢就安静了。娘很高兴，曾偷偷给香香说："男人家的毛病我知道，总是看着别人家的媳妇好。你年纪轻轻，也不要窝窝囊囊的。他现在是有钱了，给你买了新衣你就穿，他要怎么着好你就怎么着……"香香领会了娘的意思，也常以油抹头，一月半月用花椒汤洗身一次，夜里将灯也捻得似明非明。

但是，二哥自此虽不吵不打，夜里却总不归宿，三更时分回来，头一贴枕就鼾声顿起，死沉如猪。且家中经济香香再不能管理，到底挖龙骨赚了多少钱，二哥从不吐一个字。香香毕竟是过来人，觉得蹊跷，便格外留神，果然发觉二哥与玄虎山好几个妇人勾搭，所挣的钱有三分之一丢在不明不白的事体上。香香先是好言好语劝阻，二哥不但不改正，反更变本加厉；既戳破了一层纸，也就再不避讳，口口声声叫嚣："怎么着，我有钱嘛！"香香听罢，气得死去活来，脑子就坏了。

赵怡听三嫂叙说之后，对二哥的印象就极糟糕，作为妹妹，她不好对哥明言，就去告诉爹。

赵一仁说："唉，我有什么办法？都是钱害了人的德行啊！要是这几年还像往日那么穷，什么事都没有了！那年头，谁家有个什么事，乡里乡亲的谁不帮忙！现在呢，哪家死了人，抬棺材的人都叫不齐！咱赵家修造这房子时，请了那么多姓顾的人，要什么工钱了？只要管饭，人都来了……"

赵怡说："爹，别拉扯那么远，按你这么说，二嫂就让玄哥这么折磨着？"

赵一仁说："也该是赵家败落，尽出歪崽子。你二嫂得病，你云妹遭罪，这三女子艮艮也整日和我怄气，死不顺听顺说……我人不人鬼不鬼地活啊……你回来了，我好不高兴，你可以帮爹整治整治这个家了。"

赵怡说："都不听爹的，是不是爹思想太旧了？"

赵一仁说："玄虎山上就我私人订有报纸，政府的政策我哪一条不拥护？我主张儿女能出外就出外，能怎么富就怎么富，可富了不能忘了做人的德行啊！现在你歪我裂的，家不像个家了，社会还会好？"

赵怡听爹这么说，似乎要给自己上政治课了，就不作声。

赵一仁长叹一口气，改了话语说："你回来，没给你大哥去信说说吗？"

赵怡说："我给韩玫姐去了一信，她会给大哥大嫂说的。"

赵一仁说："这就好，你是给赵家争了脸面的人，你要和你大哥处好关系。现在你几个哥哥和解得也差不多了，你帮着使他们合成一心。咱家庭内部搞好了，爹出门在外，也是能说起话的。再过十天，就是爹的生日，你难得回来一次，将你们兄弟姐妹都聚一起，一家人坐下来好好议一议。"

赵怡说："就是。"还要再说下去，在地里挑粪的赵奇跑进来说："怡，韩玫姐回来了吗？"

赵怡说："去过信了，还没见回来。"

赵奇说："刚才我在地头，瞧着一个人往八石洞那儿去了，样子极像玫姐，我还以为是她回来了。"

赵怡听罢提脚就往八石洞去。

十六

说个谎道个谎

干灰里头筷子长

虼蚤拉得铁绳响

三十黑夜出月亮

贼娃子翻院墙

聋子先听着

瞎子先看着

跛子跳上房

抓住个辫根子

才是个秃子光

　　这是玄虎山人说谎的顺口溜。玄虎山的小孩都会说。他们对于人生似乎全然敷衍了事，不负责任，一尽红嘴白牙胡说。其实，他们正话歹说，正事邪行，骨子里却极有分量。且说这一对夫妇，虽然也是玄虎山人，但至今已经离开玄虎山，过一种很时兴的生活。做妇人的，因为能力的差别，对丈夫并不敢闹什么独立，但她的心计，却硬是表面上顺从丈夫而实际里丈夫受到她的控制。这当然是丈夫并不发达的时候，也正是她青春姣好的时期。到后来，丈夫已经极有钱，她日渐衰老，丈夫便与她同床异梦了。妇人发觉了蛛丝马迹，却不声张，于一日约丈夫去河边散步。河里游鱼颇多，皆半尺长的黑脊梁。丈夫好不企羡，似乎闻到了肉香，满口涎水。妇人就从口袋里掏出一瓶凤尾鱼罐头，启开分吃，说："河里鱼很大。"丈夫说："很大。"妇人说："这罐头鱼太小了。"丈夫说："是小。"妇人说："可河里鱼再大，也不如瓶子里的小鱼啊！"丈夫说："这倒是的。"妇人又说："我是老了吧？"丈夫说："你再减十岁就好了。"妇人说："唉，做我们女人的，说老就老了！几时我给你在外瞅着，有年轻漂亮的让她和你……"丈夫则愣了。妇人说："我说的是真的。"丈夫说："你说的是真的，我可不敢。"妇人说："怎的不敢？要找找个有企图的女人，她想利用你的钱，你也可以利用她的权嘛！明日我给你买一张电影票，你去影院，你瞧瞧坐在你旁边的那个怎样？"丈夫直笑，说妇人真会说笑话。

第二天，妇人买了一张电影票，丈夫竟未拒绝，大大方方去了。可一进影院，坐在身边的果然是个女的，竟是与自己有苟且之事的女的。问她：票谁给买的？回答：你妇人呀！这做丈夫的就脸色煞白。

以后，这事天知地知，一男知，两女知。那位女的左右了这个做丈夫的，这个妇人又控制了那位女的。当他们知道了赵怡回到了玄虎山后，却都相当兴奋，极力想办法让赵怡能到他们那儿去一趟。

十七

向后靠着玄虎山的主峰，两边是伸拱着的东西土梁，正中的这一片坟地就显得十分庄重肃穆。坟堆挺大，每一丘坟堆前皆竖起一块儿石碑。暮秋的黄昏，枯树上蹲着老鸦，荒草中逃窜着野兔，连最顽皮的牧童也不敢到这里来。

但玄虎山的每一个人，都知道这片坟地。远远地看着那夕阳腐蚀的墓碑，就可以说出玄虎山的全部历史，讲出一部赵家的族谱。

最上一排是赵一仁的爷爷和奶奶。第二排，是六个坟丘，是赵和的大爷和大奶，爷爷和奶奶，小爷和小奶。第三排则只有中间一个坟墓。赵一仁的爹为老二。老大后辈无人。老三有三个女儿。赵家是三老碗盛了一小碗。

　　而在这排列有序的坟堆之外，散落在左在右、靠前靠后的则是一些乱坟，但全然是姓顾的姓氏。当年金盆洼修造房屋时，姓顾的工匠都是从外地招聚的，其中有两人在一次挖土时被塌方压死了。赵家为了感念人家，也是为了自己吉利，把他们掩埋在此，又安置了其后代在玄虎山入户。顾家没有专门坟地，以后也便在这坟地边沿随便埋葬了。但不论是赵家的，还是顾家的，坟墓都十分讲究，男坟一律向左，女坟一律向右。

　　玄虎山主峰上，也正对着这片坟地上去的中部，有天然形成的一道渠沟。这渠沟一会儿窄细如线，一会儿宽阔成坑。人称这是金钱吊葫芦之穴。此穴位可以供赵家长绵不绝，但它的缺点则是赵家的人一辈兴旺一辈滞结了。

　　人们都在预测：赵一仁手里是一个人，却有赵和赵玄赵奇三个儿子，几十年后，坟地的第四排将又是兴盛的景象了。但无论以后这里还是不是一盛一衰一多一少的规律，但赵家坟地如今出现了奇异现象，则是有一场戏好看。因为第三排的独坟里埋葬着的是何氏，而赵家还生活着刘氏，赵一仁是两个老婆。

　　何氏通过赵一仁看到的是一派朗朗的阳世，刘氏通过赵一仁则看到了那过去了的另一个世界的往事。

　　刘氏在新做了后娘不久，她是并不想让赵和忘记生身亲娘的。她领着赵和到坟地来，指着何氏的坟给他看，也曾经生出过一种很古怪的念头：我百年之后，将埋葬在一个什么位置呢？她望着何氏坟头上一株弯脖子酸枣树沉思了许久，突然在牵着赵和回家的路上说："和儿，你要媳妇不要？"

　　赵和说："不要。"

　　刘氏问："怎么不要？"

　　赵和说："我嫌媳妇麻烦。我只要娘。"

　　刘氏说："傻孩子，有了媳妇，媳妇就孝敬娘哩！"

赵和说:"那我要媳妇。"

刘氏说:"你看玲玲好不?"

玲玲是玄虎山来茂的小女儿,来茂姓顾。

十八

以后,赵和果然与顾玲玲包办定婚。赵和上大学那阵,对这门亲事产生过动摇,但终拗不过爹和娘,且顾玲玲长大之后,身材得体,眉眼活泛,极善来事;而赵和毕业后又分配到县农技站当技术员,便只好结婚生子了。

包办的婚姻不一定就无幸无福。赵和婚后的日子,夫妻十分融洽。刘氏先是待玲玲如女儿一般,百般忍让,无奈家庭庞大,人口繁多,茶饭不好,这玲玲就常常在外翻说不是;又时常将赵和给她的钱买些糕点在自己屋中吃;又私养母鸡,下了蛋拿到别人家去炒。一年腊月,赵玄要到某水利工地去做工,家里掏高价买了一口袋苞谷让他去交口粮,但夜里玲玲则偷了两碗苞谷在她房中喂养母鸡,于是,赵玄就和嫂嫂吵闹了一场。此后,家庭不和。玲玲地里不出工,家里不做饭,出出进进,脸阴得能捏下水来。赵一仁便把赵和叫回家,让他们夫妻分家另过了。

分锅另灶,当然正中顾玲玲下怀。但她不愿落得不好名声,便在赵和耳边絮叨,认为是有了后娘就有后爹,故意生分他们了。从此以少积多,隔阂日益加深,赵和从县城回来也不大与爹娘说话。

刘氏为这事好不伤心,常常暗自流泪,越发与赵秀亲近。赵秀劝说过弟弟,赵和则说:"我小时候娘是待我好,我长大了她就心变了。那赵玄不是个好东西!"

"文化大革命"中,赵一仁因当过伪保长,挨过批斗。赵和在外声明断绝父子关系。赵玄一怒之下,上门将他臭骂过一顿。兄弟俩就彻底决裂,反目为仇。

一晃十多年过去，赵和在家不得意，在单位更是不得志，他一肚子知识，却派用不上，受压受气。待到后来政策放宽，勉强将顾玲玲的农业户口转为商品粮户口，顾玲玲和孩子也都住到县城去，在那里干临时工了。赵一仁将老去，怜子之心更重，训斥赵玄他们要与赵和搞好关系，他也常去赵和那里转悠，僵持局面也渐渐缓和了。

到了某年某月，赵和应着社会潮流，竟停薪留职开办了一个培育蘑菇的工厂。夫妻两个经营有方，工厂盈利不少，已经是县上很有名的企业家。

秋后，在堰长的民主选举中，赵一仁失败了。玄虎山上的几个庄子是赵一仁帮助他们安身立业的，但赵一仁得到的竟是多年之后的"大权"旁落。老人悲叹着仁德沉沦，人心不古，但又毫无知己，在家里大发雷霆：骂赵玄不务正道，骂德发丧失人性，也骂刘氏没能处理好与赵和夫妇的关系……骂罢了，就自己骂自己：我连自个家都管不住了，玄虎山上我还能有什么威信吗？他很快就病倒了。

这一病实在不轻。得时如山倒，去时如抽丝，半个月未能好转。赵玄就紧张了，和弟弟赵奇捎书带信请赵和回来研究父母身后丧葬之事。玄虎山有一风俗，老人年近半百，就要将一切预备齐全。而赵家双亲已高寿七十多了，所有的东西还悬在空中。

但是，赵和没有回来。他因工厂事务缠身，全权委托顾玲玲回到玄虎山。

兄弟妯娌商量了一宿，终于达成协议：两个老人的寿棺由赵和负责购买。两个老人的寿衣、用具由赵玄负责缝置。两个老人的坟墓由赵奇负责打拱。各自分头去准备了。

顾玲玲回来，她打扮十分入时。原先眼睛近视，如今便戴上了白色眼镜。头发虽然未烫，却盖着一顶绒线小圆帽。顾玲玲已经不是农民，是工厂的采购员了，她操着一口蹩脚的普通话，庄人问："玲玲，几时回来的？"

顾玲玲说："昨晚。"

庄人说："'坐碗'回来的？你爹病好些了吗？"

顾玲玲说："病有回头。可我们把给老人该办的事都办了！"

庄人说："你们家准备的什么？"

顾玲玲说："老大嘛，当然是重头，寿棺我们包了。"

顾玲玲这些话当然是一种炫耀。说的尽是当地土话，但偏又拿着普通话的腔调。庄人便把腮帮捂住了。

顾玲玲问："牙怎么疼了？"

庄人说："酸的来。"

赵一仁的病回过头，慢慢又康复了。与其说是赵一仁想通了世事变迁，不如说赵一仁是在知道三个儿子妯娌能坐下来，一起商量家中大事而感到了一种安慰。

十九

进八石洞里的，果然就是韩玫。她赶回到玄虎山，老远就看见了黑山上的那个白洞。她在城关镇的妇联办公室工作。前些时，县委组织部的同志来了解过她几次，于是，四下里皆传说她要提升为县妇联主任了，所到之处，熟人相见，都逼着她请客，吃喜糖。她也真的花费了二十元钱买糖散了。可是，组织部的任命书却迟迟不见下发，且传出风声，组织部有过提升她的意思，但也一直犹豫不定。韩玫叫苦不迭，打听到组织部长的老婆害了一种病，需要一种石崩子草晒干碾末冲喝，韩玫就想起小时常去玩的八石洞：唯独八石洞里有这种草。当她接到赵怡的信后，喜出望外就赶回玄虎山，趁机又先到八石洞里去采草。

八石洞四季潮湿，洞的精光和泉的水汽产生了石崩子草。这草不生在土里，也不长在沙里，出奇地从石壁缝里繁衍。样子极小绿嫩绿嫩，手若一拈，几乎什么也没有了。韩玫贴在石壁上，采了许多，塞进预备好的一个网兜里。她没有注意到，远远坐在洞外的一个挑水的道士正向她窥视。一颗小石子落下来，不偏不倚打在道士的头上，那道士回头一看，撒脚从路上飞跑而去。韩玫听见响动，回过头来，发现是赵怡，就喜滋滋地锐叫："怡妹！"

多年未见的一对干姊妹，欢乐得搂抱着，跳跃着。

赵怡说："我整天盼你回来，还以为你太忙回不来的！你采这么多草干啥呀？"

韩玫说："路过这儿就顺便采一些。我们单位一个同志有病，需要这草做药引的。就你一个回来吗？崇培兄弟呢？"

赵怡说："他没时间，正写一部长篇小说的。"

韩玫说："崇培名声可大了，县上没有人不知道的。人家知道我是他的干姐，对我都另眼看待！"

赵怡说："他也想回来的，说是咱县委王书记在省上开会的时候，他们同在一个小组，好熟的，也想到县上玩玩。"

韩玫说："那他怎么没回来呢？难怪上次王书记见了我，说你和崇培还是亲戚？我说是的，他说，崇培几时拜丈人了，一定让他到县委来坐坐。崇培这次要能回来，那就太好了！"

两人说笑到家，合家大小高兴，忙烧水打鸡蛋。韩玫说："姨，你别忙活，我是外人吗？"刘氏说："可你也不常回来啊，我还对你伯说：'玫玫爹娘一死，她也不回玄虎山看望咱了。'"韩玫说："我也实在忙的，这一次，我要多住几天，伯不是要过寿了吗？！"

赵一仁说："玫玫还记得我的生日？"

韩玫说："我听赵和哥说的，他说工厂现在正忙，他走不开，让我给伯说，伯今年生日到他那儿过。老人生养他一场，他要趁机尽尽孝心。"

刘氏当下沉吟了，说："生日到他那儿过？他那儿会热闹吗？"

赵一仁说："赵和到底是读过书的人，他要尽孝心，咱就到工厂去过生日。那里是不会比玄虎山热闹，可每一年来人太多，乱乱哄哄的，说是给我过生日，倒累得我够呛。"

刘氏便也说："也难得他今年有这份心，只要你愿意，那就到工厂去吧。"

赵怡给韩玫去信时，曾顺便邀请大哥回来。不过她估计到大哥大嫂是不会回来的。现在给爹过生日又要爹娘到县上去，心里倒不悦起来，说："爹，你不是说趁过生日全家人要商量事吗？"

赵一仁说："你大哥能主动这么干，这就是好征兆。到那一天，你和赵玄赵奇他们都去，赵云带着娃也去。"

赵怡说："他两口子挣钱挣上心了，回来也懒得回来，那我也不去他那里！"

韩玫说："赵和大哥可整日念叨你的，你不去不行。也该到县城我那儿去转转呀！"

赵怡说："玫姐，听娘说，大哥给你做了红娘，现在情况怎么样？"

韩玫说："还在那儿悬着。"

刘氏说："玫呀，事情可不敢再耽搁了。你爹娘不在了，我为你这事也操心。怡，给你爹过寿那天，你得去，说是不给你爹过寿你也该去你玫姐那儿一趟的。"

赵怡就说："那好吧，我帮玫姐参谋参谋去。"

二十

德发的爹在世的时候，面皮白净，能说会道，是一个小聪明了。娶陆氏为妻，天生一个细腰一对小脚，是个极风骚的女流。德发爹很爱这个老婆，后来爱转为怕，一直到死，陆氏则看不起丈夫，一个丈夫，老婆都看不起，旁人就更看不起了，所以德发爹活得很窝囊。

德发稍有思想，就知道爹和娘分居。娘一直睡在上堂屋，爹睡在西厦房。上堂屋的门总不关，夜里有一个人溜进来。爹曾经半夜上来吵闹，那黑影从后窗跳出走了，娘就让爹拿出证据，拿不出，遭娘一口唾沫在鼻脸上。

老孱头提出过要与陆氏离婚，他这是吓唬吓唬女人，没想陆氏真的就要离婚，老孱头作想：不离婚，我好赖还有个老婆，十天半月的也能睡一回；离了婚，一辈子也甭想沾女人的荤了，就又收了话。陆氏明白他的软处，越发在心里没他了。

一次又因事吵架，男的抓了盒火柴说："你再凶，我砸死你！"女的则将一个泡菜坛扬起，说："你敢把火柴盒扔过来，这坛子我就摔过去！"他噎住了，将火柴划着吸烟，老婆则一把夺过烟袋抓他的脸，他钻进床下。老婆说："你有本事就出来！"他说："男子汉大丈夫，说不出来就不出来！"

村人都取笑这汉子。可汉子是小聪明人，常能想出一些歪点子应付。

"喂，大丈夫，夜里还睡在西厦房里？"

"是睡在西厦房里，昨晚上堂屋门给我留了一夜，我就是不去！"

后来，孱头就死了。他是死于一次黑河涨水中。那是一天夜里，老婆正与那个男子幽会，被他当场抓住了，将一桶凉水劈头往男的头上浇下，男的逃跑了。老婆就和他闹，一定要他去找那男子回来烧热姜汤喝，他找到黑河，人到河心，上游暴涨的水就下来了。

爹死后，过四年娘便也死了。德发跟着叔叔过。德发自小为娘挨了许多骂，对娘很恨，阴期三年也没有给娘做过任何纪念的表示。他有一种强烈的更新家风的心理。这心理后来就发展得变形变态，将赵云就视作怀疑物，大施夫威。

二十一

赵云逃难似的回到娘家，将一肚子的委屈倾诉给亲人，她不停地打气嗝儿，说到伤心处就双眼流泪。

两个狼虎儿子，并不识人间忧愁，在玄虎山外婆家有更多孩子耍玩，又有好吃好喝，只是欢天喜地。这一日，与赵玄的女儿玩捉迷藏，两个儿子见表妹头上戴着一顶花帽，就抢夺过来，表妹哇哇直哭，去给娘告状，香香就出来将帽子夺了，骂道："土匪，想要帽子怎不叫你娘给你买去，就那么爱别人的东西？"这话偏让赵云听见，忙出去将儿子拉进屋，一边打着一边流泪。

孙月绒瞧着难看，去对香香说："你有病，你管孩子的事干啥？"香香说："我就烦那两个土匪！嫁出去的女，不在自己的家待着，要娘家养活一辈子吗？"孙月绒说："这话千万不要说，云云娘儿们住在娘家，吃在娘家，碍你什么事了？"香香说："她为什么不在她家待，德发为什么打她，她和赵玄是一路货色，她还有脸到这儿来待？！"孙月绒见说不转她，就出来拉了门，到娘屋中劝说赵云去了。

吃过午饭，赵云收拾着东西要回家去了，全家人都不解，娘说："怎么突然要回去？德发那样待你，你还丢不下你那个家？你就住在这里，你爹生日要到县上去过，你也和孩子到县城去逛逛。让德发那贼东西也受一受没老婆的苦处！"

赵云还是要走，赵玄就生气了，将妹妹怀里的包袱夺过来，赵云就嘤嘤地哭了。赵怡觉得蹊跷，问为什么突然要回去，是什么原因，赵云哭得更厉害，只是不说。孙月绒就将原委悄悄给赵怡说了。赵怡就说："赵云，越是这样，你越不要走！赵家是有儿子一份，也有咱女儿一份！"随手拿了十元钱，让赵玄当日下山给赵云的两个儿子各买一顶新帽子。

赵玄说："你这不是现亮我吗？你有钱，我也不缺呀！我给我那儿子买过好几顶新帽，就让云云的两个娃娃戴吧，我还以为是什么事情？！"

当下去西厦房翻箱倒柜寻找帽子。香香自然和他在房中吵闹，又说出许多难听话来。到了此时，赵玄才知道赵云要走全是香香所致，顿时火从心起，揪住香香的头发痛打了一顿。

香香是吃硬不吃软的人，挨打之后，只知号啕大哭，再也不说什么。之后，病情加重又是不肯出房门了。

赵玄打香香的时候，大家都觉得解气，后见打得凶了，就叫喊赵玄。赵玄上来说："你们整日说我的不是，现在瞧瞧，那是人吗？"

当天夜里，全家人又说起这件事，由儿子的帽子说到德发不给赵云添置新衣，连孩子的衣服也不添置，就一致主张：既然日月过不下去，干脆离婚罢了。赵云也说，她这次下定决心要离婚；就是日后再不嫁人，她拉扯两个儿子做寡妇，也不受德发的虐待了！

炕上，赵怡和赵云睡在一头，赵云正在经期，用的是烂套子，黑乎乎的，极肮脏。赵怡说："你怎的还用这个？这多不卫生，要生病的！"

赵云说："这是我洗过的。用过一遍，拿灰掺着……我没有钱，让德发买些纸，他说什么金贵东西还用得着花钱买纸？可他烟一根一根连着抽。"

赵怡说："他一月也挣五十多元吧。当民办教师自己带粮做饭，粮又不掏钱，那钱都派啥用场了？"

赵云说："人家把钱都存在一个匣子里，每个星期日查一次，查完了就锁上。"

赵怡说："应该把那匣子砸了！那你养猪的钱呢？"

赵云说："去年我养了一头猪，卖了一百一十五元。我准备给自己扯一身衣服，人家却要了去，说是要买化肥，就全拿走了。"赵怡在黑暗里好久没言声。赵云说，"日子穷我倒不怕，他总是怀疑我不正经，我和别的男人说句话也不行。顶他一句，他就猛地从后边擂我一拳，要不就骑在我身上打，打得我现在什么记性也没有了。"

赵云又哭起来。赵怡劝她不要哭："现在大白天都看不见穿针，再要哭下去，上点年纪，那眼睛就要瞎了。"赵云说："我寻思了几回，觉得我活着真没什么意思；可一想到两个儿子，又不忍心……"

赵怡突然问："云，你给我说，他和你还过不过夫妻生活？"

赵云则不言语了。

赵怡说："我问这话，是想摸摸他的心思。是他在外有了相好的了故意整你，还是别的原因？"

赵云说："他每个星期回来除了要干那件事以外，就总是立眉瞪眼地待我。"

赵怡说："既是这样，还是离了好。明日我让三哥去叫大姐来，托她给你在他们村瞅实一个，谈得差不多了，就和德发离婚。"

赵云说："那怎么行？我还没有离就又谈……"

赵怡说："他对你这样，你还爱他？"

赵云说："重找一个人，我怕再待我不好，而且孩子有了后爹……"

赵怡说："嫁哪个男的我看都比德发强。你还年轻，过去再生一个娃娃，关系就拉紧了。"

赵云却又哭起来，说："怡姐，我做了结扎手术了。"

赵怡说："几时做的手术？你那么傻，怎么就结扎了？！"

赵云说："生第二个孩子时，学校对德发说：你老婆要再不结扎，就取消你民办教师资格！他回来就对我好过一阵，硬哄着我去结扎了。现在一结扎，他也知道别的男人再不会娶我，就更使劲儿地虐待我。"

赵怡气愤地叫道："他德发这个德行，就是再不嫁人，也不要和他过了！云，你有这个决心？"赵云说："我有。"赵怡说："那好，明日你一人先回家去，德发若不在家，你就寻到学校去，向他正式提出离婚。日后的生活，我帮你，你和孩子跟我走，在城里找个临时工干，慢慢再寻个婆家好好活人。"

俩人直说到天明，清早起来，赵云果然回家去了。

二十二

玄虎山常常有一些古怪刁钻的人，冒出些古怪刁钻的思想。比如，对于人生，他们最讲究的是三件事，即生得怎样？婚嫁怎样？死得怎样？第一件是生辰八字，那是爹娘的事，身不由己。第二件是男女阴阳两性金木水火土相生相克的事，世上少的是天成佳偶，也少冤家对头，多的是克不怎么克、生不怎么生的一般夫妻，这事一半天意一半人为，也就罢了。第三件却完全是人为的。只要不死在初一，不死在十五，不死在五黄六月，便死得都好。一生中或许享尽清福，或许受尽磨难，临死都希望有个好落脚。在另一个冥冥世界里情况如何，谁也不知道自己，谁也不知道别人，说穿了，对于死的安排，则完全是为着给活着的人看的。所以，生得怎样，无可奈何；婚嫁怎样，不可定局；而对于死者的后事安排却是死者的亲属于人世的绝好表现。

后事安排，内容极其繁杂，比如铭旌怎样写，怎样发孝巾，娘家怎样审理，阴阳师怎样选葬日，请多少客，乐班响器闹几场，烧多少纸……但主要的是死者还活着之前就要做好的寿衣、寿棺和陵墓。

寿衣，少则五套，多则七套：衬衣，衫子，又衫子，再衫子，又再衫子，袍子，褂子。阴间里可能没有四季只是寒冷，五套七套是一块儿穿的。一律要绸子，不能用缎子。绸子可以"稠子"，缎子则要"断子"。现在在城市，有专设的寿衣店，或是在戏剧服装店设寿衣专柜（这似乎是城市人对死的幽默意识），但玄虎山人绝不去那里购买，就请庄里针线好的老婆婆在家裁缝三天五天。若寿衣做好，死者在生之年十分珍藏，每年六月六日拿出晒太阳。晒太阳的那天，各家老人大都相互走动，观看别人的，对照自己的，有胜，无限欣慰；略逊，勒逼儿子重做。

寿棺最好的是柏木，松木为次，杂木最下。顶体面的是八大块。即上盖八寸厚的木头两块，下底八寸的两块，两边各为两块，也是八寸厚。前后挡头就不算了。山地里有专制寿棺的木匠，皆身怀绝技，合缝要严，水浸不进，流不出，且善一手雕刻。小挡头处浮雕"福"字，大挡头处阴刻阳刻鱼虫花鸟山水人物。然后漆染。漆还必须是生漆。漆外部还罢了，漆内部则要裹一层白土布，刷一层漆，再裹一层白土布，再刷一层漆，坚如铁壳；敲之锵锵价响。寿棺做成之后，夏可以盛粮食，不腐烂不虫蚀；秋可以装衣服，不潮不霉。享用者只要阳寿不尽，寿棺每年在生日那天还得再漆一遍。

说到陵墓，那是死者的阴间住宅。穴位一定要选好，破土日一定要查旧皇历。然后决定什么人去挖坑。不要无子之人，不要痴傻之人。挖好后要鞭炮齐鸣、奠酒焚香，方下第一块儿砖。墓门面就是活人住屋的门楼，要有脊兽，要有飞檐之墙，要有雕饰，要画许多图案花纹，要书许多吉言祥语。拱好完毕，封住墓门，留好气孔，就在墓前墓后栽植柏树。享用之人将从此到死前，每一年每一月去那里查看培土，警惕有老鼠偷了粮食进去生儿育女。

做儿子的，为老爹老娘办好了这三件事，自身就完成了做儿子的孝道。做父母的眼看着儿子做了这三件大事，亦自感人生得意，将放心地慢慢老去。否则，庄人眼里有秤，谁家儿子孝顺，谁家儿子忤逆，即可结论。但凡做儿子的不孝顺父母，这儿子遭人白眼：连你老子都不爱还能爱别人？那老子也被人唾弃：你儿子都对你不恭还让别人怎么恭？而公论这三件大事办得最好的，老子身价倍增，儿子也走到哪里脸大如盆，气粗如牛。

二十三

这一秋，赵家的儿子们在为爹娘筹办着后事，玄虎山的黑河湾地也收获了大量的稻谷。在收获稻谷的同时也得到了大量的禾草。庄人们在议论着赵一仁两口的寿衣、寿棺和墓地的事，更议论着这一季的收成。他们不必过多地操心赵家儿子们筹办得如何，因为人家都是有钱的角色，也最懂得这后事安排的重要意义。他们也没有因为种了稻谷得到了禾草而十分沮丧。他们又在深翻田地，修复水渠堰，施播肥料，满怀喜悦地投入新的耕种了。

二十四

不等赵奇去叫大姐，大姐却主动来了。大姐十年前死了丈夫，人仍然活得精神。上中学的儿子学业很好，她闲着无事就到娘家来帮着拆拆洗洗，随便得到娘家的一点什么。她几乎已经对赵家失去了一个做女儿的感情，不怎么特别关注。团结也好，分裂也好，只是觉得这里是一处可以走动的地方，可以有好处而利于培养自己的儿子。今日来，她并不知道赵怡回来，是得了那个木匠的又一份重礼而来为赵艮的婚事的。来了见到赵怡，喜之不禁。因为赵怡为儿子买了一套高考复习书和一件上衣。姐妹俩一起，就数说小妹的不是，赵艮却还是那句话："我谁也不嫁！"噎得两位姐姐半天不语。

后腰庄一家姓武的人家滚死了一头牛，赵奇去买了三斤牛肉，说是要特意招待一下韩玫、赵怡和大姐的。孙月绒就忙活了一上午，做了一桌子

87

饭菜。请爹娘也一同去吃，赵一仁说："你们姊妹一道吃吧。"他和刘氏没有去。孙月绒便给爹娘端来了一盘牛肉。又去请二哥和二嫂，二嫂不去，二哥要去，二嫂说："人家招待，是现亮了咱，你倒有脸去吃？！"二哥还是过去吃了几片肉，就放下筷子走了。

饭桌上，赵奇对韩玫说："玫姐，我有一件事还要你帮忙的。"韩玫说："我能给你办什么事？"赵奇说："今年化肥特别难买，我跑了川道几个销售店，货全没有了。今年又没有积下多少肥，我想请玫姐给我和大姐每人买三袋。"大姐说："如果能买到，我只要一袋就够了，把那两袋匀给赵玄吧。"赵奇说："二哥是不会要的，他那地全荒了。那玫姐就给买四袋吧。"韩玫说："化肥确实是难买呀。这样吧，到赵伯生日那天，赵怡一定要去，咱们一块儿去找找县委王书记，批一个条子什么问题都解决了。"赵怡说："为买几袋化肥去找王书记？"韩玫说："人家和崇培是熟人，你也该去看看的。当个县委书记虽然没什么了不起，可人家是父母官，咱一家人还得受人家领导啊！"

吃罢饭，韩玫把赵奇叫到里间屋里，悄声说："化肥的事，我可以给你搞到，种庄稼的地里没肥怎么行？玫姐就是伤着这张脸皮也要给你搞到。可赵伯生日那天，你们一定要让赵怡去一趟县上。她是嫌大哥大嫂没有回来。可她不去，不是更加深矛盾了吗？再说，姐还有一件事要托她，我又不好向她直说，就是我提升到县妇联的事。现在有人捣鬼，领导上犹豫不决，如果赵怡以崇培的面子给王书记谈一下，这事就成了。"赵奇说："我想赵怡她会帮这个忙的。你不好说，我给她说。买化肥的事，你就把钱拿上吧。"韩玫硬是不收。

赵奇便将韩玫的心思告知了赵怡，赵怡沉吟了半晌说："原来是这样，那我就去见见王书记吧。"便找着韩玫说："玫姐，这么一件小事，你倒转弯子让我三哥给我说？"

韩玫说："好妹妹，你是不了解我这人的，这是为了我个人事，我不好意思的。经过民意测验，下边一致同意我去县妇联，可总有心瞎的人，就从中捣鬼。我真恨死了这些小人，想当面去扇他个耳光。可气冲冲去了，心软了，手也软了。我吃亏就吃亏在没有狠劲哩。"

赵怡说："你要没个狠劲，那就不要去搞政治了。"

韩玫说："可不，要真能搞政治，玫姐连县长都当上了。"

赵怡说："那你到县妇联去不是受罪吗？"

韩玫说："我是憋一口气呀！到了县妇联，咱不为整人，但就可以免人整咱么！"

赵一仁插话说："怡，你玫姐虽不是赵家人，可比一家人还亲。你在外边为赵家争了光，在咱县上，你玫姐倒是个能在上边说话的人物。我早就听说韩玫要到县妇联当主任，那虽没多大实权，可也在县上说一句顶一句的，往后谁再欺负咱，也有个上告的地方了。"

赵怡就笑着说："玫姐要是当主任了，你第一件事就是要为赵云做主啊！"

从西厦房里出来上茅房的香香正路过堂屋门前，听见屋里说话，就说道："为赵云做主，也得为我做主啊！"说得一屋人哑口无语。

二十五

白皮松下，几个晚上都坐着一个人。

玄虎山新的堰长在见到赵怡之后，并不为一记重重的耳光感到耻辱，反而产生一种异样的感觉，就于夜深月明之时来到树下，心里默唱起一首很古老的歌子：

89

　　河岸上坐着一个姑娘

　　她用棒槌捶洗着衣裳

> 我愿做她一件衣裳
>
> 拿棒槌轻轻打着
>
> 洗净了又穿在身上

当他知道赵怡就是赵一仁的二女后，他为自己这种非分之想感到荒唐，同时也对城市里那个作家产生出一份忌恨。他早听说赵一仁还有一个小女叫赵艮的未嫁，想姐姐长得如此天生丽质，做妹妹的也一定是十分楚楚动人的。于是，在一个没有月亮的晚上，他在村长的家里筹办了一桌酒菜，让村长去请赵一仁了。

村长也是新改选的，年轻气盛，却深有城府。当下问堰长："赵家的姑娘，个个都是神仙一般的，谁敢这么大胆求婚？你虽是做了堰长，可你原先是什么嘴脸？"

新堰长说："原先是原先，现在却不是原先。什么事我不敢干？联合国若要人我也去了！"

村长就到了赵家，说赵一仁是玄虎山德高望重的人，村里有要事来请他过去商量。赵一仁先是疑惑，但还是去了。村长打的是松明节火把，他提着一只铁丝灯笼。走到半路，问商量事的还有谁？村长说只有新的堰长。赵一仁就不肯走了。村长说："赵伯，事情是这样的，新堰长虽然有些地方冒犯了你，可他也是一心为了玄虎山。他年轻办事欠妥，过后深感不安，现特意办一桌酒菜和你坐坐，缓缓矛盾，搞好团结的。"赵一仁毕竟有仁德，思想新的堰长既然能低头求好，设宴待他，他也就应该宰相肚里能撑船，一派长者风度了。

在村长家，新堰长果然毕恭毕敬，频频举杯请酒，连连给老人夹菜。赵一仁久时不能开怀，当下心情舒畅，将酒喝得过量。接着就讲玄虎山的历史，讲到新的堰长的父亲怎样乞讨到了山上，他是如何保媒成家，又促其独立开辟庄子。新堰长少不得又替亡故的父母为老人再敬数杯。请教这堰长工作的经验。赵一仁也就倚老卖老，谈大公无私之道，授纳怨含垢之术，最后以八石洞口的两副对联说到世事的玄妙，为人的德行。

末了舌头僵硬，说："水渠堰是该在上水处修一个石坝，坝后修一个涵洞的。所需的水泥、施工的图纸，我可以找人解决，赵怡和崇培在省城，什么事情都可以办。再说赵和在办工厂，他本人就懂技术的。你们知道吗，韩玫也要当县妇联主任了！"

新堰长说："赵伯的儿女都成事了！这全是赵家积的德啊！赵伯活到这一步，真是皇帝老儿也比不得的！"

赵一仁说："还好，还好。等赵艮出嫁了，我就什么操心事也没有了。"

村长说："赵伯，那艮姑娘许配哪里了？一定是个吃国家净粮的吧？"

赵一仁说："这孩子，跟她怡姐过了一二年，高不上低不下的，找了许多家都不满意。现在这孩子，要嫁给什么人呢？吃国家粮的就一定好吗？她的心比天高，命比纸薄啊！"

酒桌上突然沉静下来。

新堰长给赵一仁重新添满了酒，冷丁说道："赵伯，我能不能做你的女婿？"

赵一仁似乎没有听清，脸上只是笑着，猛地僵起来，眼睛直愣愣地看着这年轻人。

村长说："赵伯，他说这话是不是有些唐突了？可他是真心，老早就对我说过的。我掂量过了，他虽不是工作干部，可他家缺什么呢？什么都不缺！人又聪明能干，又会体贴人，赵艮若能嫁给他，一来天成佳偶，二来都在玄虎山上互相能照顾上啊！"

赵一仁"啊啊"着，不知说什么好，迷糊中说声"这也好，这也好"，一时头重脚轻，靠在椅背上睡着了。

待他摇摇晃晃返回家去，家人正等得心焦，要派人来找他，瞧见他喝得酩酊大醉，就怨怪上了年纪的人不该出去喝得这么多。赵一仁则嘿嘿笑着，对赵艮说："艮，我来问你，你大姐给你找的那家愿意不愿意？"

赵艮说："我谁也不嫁，你们收了人家东西，就给人家退去！"

赵一仁便说："不愿意了也罢，爹给你找一个，包你满意的。"

赵怡说："爹你是说酒话，还是真的？找的是谁？"

赵一仁爬上炕去，还在笑着说："明日再给你们说吧！"鼾声顿起，不省人事。

第二天，赵一仁还没有起来，村长却到了。他正好在赵家门前碰着赵奇和赵玄，说了来为赵艮保媒一事，赵玄当下说道："没门，没门。"就关了院门。赵奇则飞跑进屋去告知爹了。

赵一仁和全家赶出门外，村长已经被赵玄赶走了。赵玄一见爹就训爹怎么糊涂到这步田地，人家抢了你的堰长，你倒要将女儿嫁给人家？家人听了原委，也都不愿意这门亲事，赵一仁则摇着头说："不愿意可以商量嘛，不让人家上门，这不更得罪人家吗？"

二十六

赵艮领着家里的黄狗一直顺着山根的路往前走，走到很远很远的黑河滩上，她就四肢伸长地仰倒下去了。黄狗卧在她的身边，亲昵地在她胸部嗅闻。赵艮突然翻身上来，一把搂住了黄狗。搂得那么紧，以致使黄狗叫起来。她还是不松手，和黄狗在沙滩上打滚，弄得人狗一头一身的沙。末了，就死一般地又瘫睡在那里，眼里白多黑少。

她说不清她出来是干什么的，也说不清为什么对黄狗这么搂抱。现在，人眼看着狗眼，狗眼看着人眼。她勃然大怒，竟拳打脚踢起黄狗来，黄狗还以为主人又在和它戏耍，但见踢打得十分狠毒，便惊慌地逃窜了，于远处一块儿石头下撂腿撒尿。

新堰长托村长求婚的那天，她是不在家的。她给那军人去了一信，每隔两日就要去山下的小道上等待乡邮员送来回音。那日，军人的信来了，写得十分简单，几乎仅一句话："我已经结婚了！"赵艮看后，没有哭，反倒哈哈大笑。跑回家来，已经是二哥赶走村长之后，她说："为什么不等我回来？"

赵玄说："你要嫁给新堰长？"

赵艮说："让我见识见识他嘛！"

赵玄说："你是疯了，疯了？！"

赵艮并没有疯，她真的想见识一下新堰长。在她的印象中，新堰长虽然不是城里人，但他有和军人一样的蛮力。她见过大姐给她介绍的那个木匠，当大姐借故出去让他们俩人在屋里说话时，她看见他是那样胆怯和畏惧，一头大汗。"孱种！"她顺门就走了。如果单独在屋里相谈的不是木匠，是新堰长，情况又会怎样呢？但新堰长毕竟不是城里人，他缺乏城里人的脸面和风度。

"你结了婚。结了婚我也要嫁你啊。"赵艮重新将军人的信又看了一遍，再看了一遍。恍惚之间，她突然看见面前走过来两个人，是新堰长，又是那个军人，后来两人又成了一个。他把她拉起来说："你一定肯嫁我吗？"赵艮说："是的。"他却啪地扇她一个耳光，她半个脸顿时发痛，眼冒火花，但她说："你打吧，让你打死也行！"他突然笑起来，将她抱住了，说："我是考验你的，艮，我要与我妻子离婚，就娶你！"赵艮就和他重新倒在沙滩上，他是那样重重地压迫她，似乎要压碎她，使她疼得大叫，在大叫中畅美无比地昏去……这时候，走近来站在赵艮身边的是黄狗。它看着赵艮双目紧闭，脸色绯红，嘴唇抽动，吟声羞涩，同时闻到了一种少女身上特有的异味。

二十七

庆元寺的钟声每日在响着。老道长清晨里还在检查着所有的被褥，而受惩罚的小道一次又一次挑着水桶去八石洞。

后山庄的一堵照壁下，懒洋洋地散坐着一堆长舌男女，他们在说着白皮松下的新闻，打听着村长家的那桌酒菜。

当披着衣服手里拿着一台音量大到极限的收音机的汉子走过来，有人瞧着他额上有拔了火罐的酱黑印，说话的人忙将正说的新闻变成另一个故事，说——

从前，有一座山。山上有一个洞。洞里坐着一个老头在说：从前，有一座山。山上有一个洞。洞里坐着一个老头在说：从前，有一座山。山上有一个洞。洞里坐着一个老头在说：从前，有一座山。山上有一个洞……

二十八

去县城的人已决定下来：爹，娘，韩玫，赵怡，赵奇和孙月绒。赵玄坚决不去，爹训斥他，他说香香病重了，他要在家照看，让儿子随奶一块儿去。赵艮是哪儿也不去，而且毫无商量余地。娘最后提出赵秀要去。孩子在校一星期才回一次，她是有空闲的。但原先说定赵云必须领着两个儿子去的，可赵云回家之后，却一直没有回来。

头一天下午，娘让赵奇去接赵云，赵奇只身又回来了。

赵怡问："云呢？"

赵奇说："她说她走不开，就不去了。"

赵怡说:"是离婚遇上麻烦了?"

赵奇说:"云给我说,让我给你和爹娘说,她回去待了一夜,又不想离婚了。她还是咒骂德发,但说她的命苦,离了这个,若再找个不如德发的,那她更没脸面活了。她说她是结扎过的人,日后到什么人家去也是没好日子过的。她说她就这么赖活下去,活一日是一日。她家里有猪,前几天没回去,猪险些饿死了。她让大家从县城回来,到她家去,她要给爹补过生日,她攒了一坛子鸡蛋。"

赵怡叫苦不迭,连连跺脚:"她说得好好的要离婚的,怎么又不离了!她活该发牢骚啊,她活该受罪啊,她活该!"

去县城的人走下了玄虎山,在川道一个镇上搭车赶到赵和的工厂。乘车人的车费,一律由赵一仁掏,拢共是二十五元。赵和并没有在县城车站接,一见面却说:"吓,来这么多人,晚上怎么睡呀?!"

晚上,顾玲玲擀了长寿面,赵怡没有吃,她到城关镇妇联韩玫家去了。韩玫做了许多菜,并且当下就托人把化肥买下运到赵和家交给赵奇和大姐。那边自然又是说了许多感谢话,摆了酒喝不提。

一直到了半夜子时,安排来客入睡后,赵和与赵奇到工厂的办公室去歇息,赵和问起赵玄怎么不来?赵奇不敢说有成见,只说是要给二嫂看病。赵和说:"我只说他是会来的,来了咱兄弟三人还要商量一些大事的。"

赵奇说:"大哥有什么大事要商量?"

赵和说:"以前咱们商量了两个老人百年之后的事,不知你和赵玄筹备得怎么样了?我是一直惦在心里。寿木现在价涨得厉害,原要给老人备红心柏木八大块的,可四处托人都没货,我就申请要了几方松木。"

赵奇说:"二哥把寿衣已买好了,大哥也开始筹备寿棺,就我不成器,还没有把墓拱好,砖是定了货了,也没运回玄虎山去。"

赵和说:"墓是大事,你可要拱好。地点就在咱老坟吧。按老规矩,男左女右,爹的墓就拱在我妈墓的左边,娘的墓拱在我妈墓的右边。你该早

95

早动手才是。"

赵奇点头说是，各自就睡了。

第二天，是爹的生日，顾玲玲买了一壶白酒，做了八个菜、二升米的干饭。饭桌上，顾玲玲谈笑风生，不停地喊夹菜，而每一次夹菜又总是先夹给赵怡。

赵怡说："嫂子给我夹什么菜，这不是反着来吗？"

顾玲玲说："怡妹几时才能回来一趟呢，咱们赵家还不多亏出了一个你！"

赵怡说："嫂子也是大哥的好帮手么。这个工厂能有现在的样子，嫂子是大功臣！"

顾玲玲说："爹和娘在这儿，说一句自夸的话，咱们赵家应该说凭女的吃，你是在外，我是在内。"

赵和说："这么说我们做男儿的都没出息？"

顾玲玲说："出息是出息，赵家是金盆子，可谁来箍的金盆子？"

韩玫说："嫂子是贤内助！"

顾玲玲说："要说贤可以说是贤到家了！韩玫清楚！"韩玫脸红了一下。顾玲玲是注意到了这些，就又说，"怡妹妹，你回来了就好，你韩玫姐把她的事都给你说了吧，你可一定要帮你玫姐的。保你玫姐上去，她上去了是忘不了你的。我想，她也不会忘了我这个贤内助的嫂子的！"

赵怡说："这我给玫姐说好了，晚上就去办的。"

赵和便说："去了，要给人家带些礼品，烟酒我已准备好了。去一趟还不行，你明日给崇培去一信，让崇培也给王书记专门写一长信谈谈。"

赵一仁一直默默地吃饭。刘氏说："今日是你爹生日，你们净说别的话，让你爹冷坐着。"

赵一仁说："让他们说，只要他们能谈到一块儿，我也高兴。"

顾玲玲就又给爹敬酒，给娘敬酒，说了许多祝爹娘长寿的话。一时满桌快乐，赵一仁几乎有些醉了。

顾玲玲就又突然说:"爹养活了赵和一场,做儿女的是该尽孝心,原本是要用小车去接爹和娘的,可厂里的车因公又出差了。我们有这么个想法,请爹和我们一道到华山去旅游。华山虽然很高,慢慢上还是能上去的,不知爹乐意不?"

赵一仁:"去旅游?几时去?"

顾玲玲说:"明日一早,我们已经把票买下了。"

赵怡惊讶道:"你们明日就走?爹和娘昨日才来,明日就去旅游?!"

顾玲玲说:"怡妹住在省城,见的世面多了,我们可比不得你们!厂里好容易有个空闲,我们也该去风光风光呀!"

大家再没有接她的话,默默吃罢饭。赵奇和孙月绒忙着要回玄虎山,因为还有几袋化肥要带,几个孩子就全交给了爹娘。韩玫则叫剩余的人都到她那儿去。

去韩玫家的路上,大姐说:"我还以为县城里的人整日吃什么好的呢,原来也是一般的菜饭嘛!"

韩玫说:"赵和哥钱赚得那么多,这饭菜也太寒碜了!"

赵怡就说:"大嫂就是一张嘴会说!兴师动众让大家来,明日一早他们倒远走高飞了!"

爹没有说话,娘也没有说话。

第二天一早,大家估计赵和和顾玲玲会招呼送他们走的,可一等不来,二等不来,赵怡便去车站买了票,生气地说:"人家怕早都走了!他们不来买车票,不来送,怕咱们要困死在县城里了吧?!"

二十九

庆元寺的道姑会捉鬼。她已经为香香禳治了几次。在她的眼神里,是发现金盆洼里有一个少年男鬼，不时到香香的身上作祟。香香信这些，赵玄见香香什么中西药都吃了皆不见效，也就依香香的主意再次去请道姑。

这道姑年方三十四五，若在尘世，正是少妇；身体线条颇好，比少妇更具风韵。赵玄请她进屋，赵家院中无人，大门也关了，在西厦房中摆设了道场，让重病的香香静卧炕上，以黄表纸符贴在额上，就在外间案桌前烧香念咒。赵玄则跪在案前，低头不准乱看乱语。

道姑先在案后默念许久，就又绕着案桌跳着念咒。时正中午，阳光溢彩，洒下房阶，屋顶几处漏洞，金光激射，香烟缭绕，一派神秘气氛。赵玄跪了一会儿，觉得万籁俱静，唯道姑的咒语清脆悦耳，不觉得思想沉到另一个境界中去。也该是事从人愿，道姑跳着跳着，竟停在赵玄身旁不动弹了，于是，赵玄突然站起来，猛地扑上去，搂着道姑在地上翻滚起来……

此时，静卧于炕上的香香忽觉病轻了许多，听得见窗外的喜鹊声。

三十

有了化肥，赵奇和孙月绒深翻了土地，播下了种子，又去大姐家帮助种了，就开始请匠人在祖坟里下木橛吊线，动工打拱爹娘日后所需的坟墓了。

这天夜里，他对二哥赵玄说："明日你不要出门了，帮我到坟上招呼吧！"赵玄问："你要着手拱墓了？"赵奇说："你们该准备的都准备了，我再不动手，就太不像话了。"赵玄说："那也好，要拱就给爹娘拱个双合墓。"赵奇说："咱祖坟里都是男左女右。"赵玄说："双合墓也是男左女右么。"赵奇说："可咱还有个大妈，双合墓怎么拱？我在县上见到大哥，他说让爹的墓在大妈的左边拱，娘的墓贴着大妈的墓往右边拱。"赵玄一听就火了，说："你听大哥的？他操的什么心？！他讲究要给爹过生日，过得怎么样？他是想把爹和咱娘拆开。爹和娘现在都活着，你这么分开拱墓，是啥目的？"

赵奇听罢，也顿觉自己糊涂，连连拍打自己的脑门，说还是拱双合墓合适。

可赵奇之所以是赵奇，他给二哥表了态后，又害怕大哥生气，就去征求双老的意见。赵一仁说："分开拱有什么不好？人一死还知道什么？何必为这事闹得家里又不团结？！"娘却脸色发黄，气得说："我不进赵家坟了，我一死，把我扔到乱葬坟去算了！"

于是，这天夜里，召开了全家会议讨论，赵艮、赵怡坚决支持二哥的主张，不同意将爹娘分开。赵奇则含混不清，赵玄便扇了他一个耳光，说他没脑子。但赵一仁还是害怕家庭再起矛盾，引起外界议论自己生分了赵和，坚持不要双合墓。赵怡说："怕不团结，这根子是谁引起的？两个老人拱双合墓，天经地义，怎么大哥他就要提出分开？！"赵一仁也生气了，说："你做女儿的，又不担承这些后事，你多说这些话干啥？"赵怡说："女儿和男儿是一样的！要说养活这个家，咱可以算算账，大哥结婚后这些年给了家里多少钱？我又给了多少？！老人百年之后的事，我不是不担承；你们是按风俗定的，而且赵家的家产我们做女儿的得过一条线一片瓦没？现在我当着大家的面说，赵家的家产我还是一文不要，两个老人的寿棺我来买！大哥当时分的管寿棺，我看他安心就不想买，到现在了，红心柏木的没买到，连松木也是买公家的，公家木材站现在有八大块好料吗？我想他是等到临了将就买个杂木的应付了事！"赵一仁说："你有钱嘛！"赵怡说："我有钱也不是为了打气憋，我是尽我的一份孝心。我买了寿棺，他大哥若还念道爹娘的养育之恩，到时候他负责后事花费就是了。可我买了寿棺，我就要求拱双合墓！"

第二天，爹气得睡下了，娘也睡下了。赵怡和二哥三哥商量，做了三件工作：一是联名给省城的崇培写了一信，让崇培给爹来信说拱双合墓的好处；二是给县上的韩玫姐去信，让她几时回来再劝说爹；三是赵怡亲自去已经回家的大姐家，先取得大姐的同意。

赵怡给大姐说过之后，赵秀说："爹和娘一起生活的时间毕竟长，拱双合墓是好，我妈她是死得早，也无所谓的。只是你要买寿木，那我们其他做女儿的怎么办？"

赵怡说："好姐姐，你们就不要看我的样子。就这样吧，寿棺由我出钱，名义上就算咱姊妹四个为老人办的。你和云妹过意不去，等做寿棺时，你们带些粮食给爹，也好款待工匠就是了。"

如此这样，赵怡就托二哥四处打听哪儿有上等柏木，结果寻来找去，觅得后山一家坟地里有三棵百年古柏，就掏了六百元买下，请人砍倒运回家来。

而崇培的来信和韩玫的再次回玄虎山，使赵一仁无话可说，赵奇就破土动工拱墓了。

三十一

新的堰长和村长发奋要在玄虎山上做出一番事业。他们动用了玄虎山的所有集体资金，动员了几乎多半的劳力，两个月里修复了黑河湾地的水渠堰，又在堰上游的黑河边筑了拦水坝，还建了一个过水涵洞。这工程完全是依老堰长赵一仁的意见干的。但整个工程并没有请赵一仁去包办水泥、钢材和技术力量的采办事宜。等赵一仁赶到那里观看之后，大吃一惊，也着实为年轻人的政绩而自惭形秽了。

县政府为此表彰了年轻的堰长和村长，也以玄虎山近年里各项工作的起色，经济发展显著，奖励了二万元。庄人们都欢腾跳跃，以为这两万元将按人头平分，各家又是一笔可观的收入了。

在村长和新堰长商量之后，一分钱也没有分。他们以此改建了玄虎山小学。小学原在破旧的七间房里，设备极差，故分配来的教师皆不安心，连聘用的民办教师也不大肯来。现在校址扩大，新盖十间瓦房，焕然一新。在制作门窗和课桌时，资金不够，堰长便主张砍伐那棵白皮松。白皮松是后山庄村的风水，可一个学校是玄虎山的大事，其风水可管百年千年，且是新堰长的主张，无人敢有非言，结果这树就被伐倒了。

金盆庄的赵家瞧见白皮松被伐倒，赵一仁自然是要叹息一番的，赵怡看见树倒，似乎听见了一阵惊天动地的响声，浑身为之战栗。她先是惊慌，继而感到放松，那棵使干娘羞辱的证物终于消失了！但随之又觉得牵动自己十多年来的心绪之弦嘣地断了。她不知道在地下的干娘是否听到了这倒树的声音？

白皮松伐倒之后，玄虎山人用大锯分解为板。人们惊奇地发现，这白皮松的年轮竟是二百二十三圈，且二百二十三圈木纹忽圆忽椭，忽开忽合，线条生动，图案绝妙。他们就全以这木板做了课桌，而不涂颜料，刷过薄薄一层清漆就罢了。

新堰长和村长竟意想不到地将德发聘请为该校的民办教师。

赵怡去那新教室里看过课桌，她想，玄虎山的孩子在学习的时候，伏在这桌上，就等于面对着玄虎山的历史。孩子们会读懂这些历史吗？赵怡将一片剥离的树皮带走了。

三十二

赵和办工厂赚了大钱。他知道在没钱的时候受过没钱的窘困，而有钱了，却坚决不能被钱拖累。顾玲玲更是轻狂得意之人，完全支持丈夫的主张。故他们的旅游相当开放。先去省城，后去北京，再绕道上海、广州，吃了南北名菜佳肴，逛了四方名胜古迹，最后就登华山。偏在一个蒙蒙的早上攀上华山西峰。华山西峰以险峻称雄天下，且细雨之中，分外壮观，一家四口站在天外之间，顿作非分之想。想伸手摘星，想化羽作仙，末了再想将他们之行记载于峭壁之上，顾玲玲就用刀子在石上刻。刻了赵和大名，刻了儿子小名，再要刻上"顾玲玲"三字，"顾"字还未刻完，山风倏来，白云翻滚，她身子稍一晃动，竟失足坠落峡谷。

当时赵和正举了照相机拍摄这英雄举动，突然发现石壁前没有了顾玲玲，以为眼花，再看时，顾玲玲真的不见了。立时父子惊呼，哭声一片。

华山上有专职的捞尸队。赵和将所剩的四百元，拿出二百交给捞尸队，打捞了一天，死不见尸。又给了一百，要求上下搜寻。原来顾玲玲并没有跌入谷底，而是卡在半山处一棵树杈上。顾玲玲死里逃生，她竟还活着，但从此一条胳膊再也没有了。

顾玲玲被送到华山下一所医院里治疗，赵和给玄虎山发了长文电报，央求家人来帮着转回。

赵玄因为有一批龙骨化石要尽快推销出去，收到电报后，安抚了全家人，便先走了省城，将龙骨高价脱手，后转道华山脚下。兄弟相见，赵和则大动肝肠，抱住二弟号啕大哭。

顾玲玲却说："他二叔，华山上景致着实是好呢，你不妨也走一趟，然后咱们再回。"

三十三

赵怡回玄虎山已经很久了，她并没有给赵一仁挽回更多的声誉，也没有帮爹解决好赵家的内部矛盾。女儿毕竟是作家的美貌妻子，她的作用仅只局限于满足了作家在人稠广众面前的虚荣心。赵怡心肠极好，但也错误地估量了自己。她好心没有好报，反倒使赵家的形势、玄虎山的形势越发复杂。赵怡也无可奈何了。

玄虎山上的风使她的面皮明显粗糙和黧黑了。她用完了带回来的白粉和口红，连赵艮从城里带回的眉笔也用竭了。赵怡开始做梦，梦见崇培，梦见女儿，她不明白人怎么有如此怪现象：曾经腻烦的城市生活，曾经腻烦的花瓶式的应酬，现在却又突然怀念起来了。

她终于决定要回城去。

爹说："你不能再多待几日吗？你二哥去接你大哥大嫂了，大嫂的伤势到底怎样，你看看心里不是也踏实些吗！"

赵怡说："我还是不等着好。爹，我有一个想法，就是让你和我娘跟我一块儿走，在城里过几天省心日子。"

爹说："我怎么走得开呢？"

赵怡说："我看清了，现在是谁也不顾谁的社会。你这么大岁数了，还操玄虎山的什么心？！"

爹说："玄虎山上的事我不管了，家里的是是非非我也不管了，可我和你娘还没有死，总得操挂赵艮的婚事吧？还有赵云，德发调到山上来教学，还是打打闹闹……"

赵怡便不言语了。她临走时，去赵家祖坟看了三哥新拱打的双合墓。双合墓的丘堆颇大，使旁边何氏的坟如一堆黄土圪垯了，她又反复叮咛赵奇，一定要买上等生漆，将她购买的寿木做好、油漆好。

迷迷糊糊的赵怡，下了长途汽车往自己的小家赶。在玄虎山极尽炫耀的赵怡，一踏进省城的大街，她却感到了无限的失落。她不想回到属于自己的那个小家去，甚至于迷失了方向。她好像不认识这座城市了，也不认识自己小家的走向。她徘徊于繁华的街头，突然一回头，发现后边的人群里有一个人一闪不见了。她觉得那人极像是小妹赵艮。赵艮怎么会在城里呢？她从家走时，赵艮还是在家里的！她以为自己是产生幻觉了。

直到天黑，她走到了城西门外的一片居民楼区。中国的居民楼皆是一样的结构，赵怡迷惑了，哪一幢楼哪一个单元里是自己的家？她在楼区内游转着。一位巡逻的警察，久久地注意着这个标致的女人，以为是小偷，或者是流氓，于是走近了问："你在这儿干什么？"赵怡说："找我的家。"

再问："你的家你也不认识吗？"回答："我不认识？我怎么能不认识？"警察要随她到她的家去，她气呼呼地走上了一幢楼的三层，这或许就是她的家吧？钥匙恰好打开了房门，一拉开门，果然是她的家。一推套间门，里边的沙发床上正睡着两个人，一男一女。她将套间门又拉闭了。

警察问："这男的是谁？"

赵怡说："我丈夫。"

警察又问："那女的是谁？"

赵怡说："是我。"

警察明白了，却说："你患了夜游症？！"就走了。

赵怡静静地坐落在椅子上。套间里的人还在睡着，一点不知声息。她突然觉得自己患了夜游症，她是从这个房间出去的，去了相当长的时间，她记不起她出去干了些什么，就又回到这个房间了。

三十四

×年×月×日，金盆洼的赵家坟里突然发生了一件异事：第三排的坟墓一夜之间那何氏的小坟和赵一仁与刘氏的双合墓土堆合为一体，隆成一个巨大的极圆极高的坟墓。

赵家的三个儿子：赵和、赵玄、赵奇赶到墓前，忙刨开土堆寻看墓门面。但见已是三合墓。何氏的墓门紧封，赵一仁和刘氏的墓门用砖虚挡着。

三十五

又一个秋季过去，到了冬天，玄虎山的一个人在一声枪响后倒地死了。

死者是被两个人架着从雪地里蹚过去。他虽然并没有软作一团，但架的人跑得飞快，他的一双脚几乎没有用，是拖在地上，所以平平的雪原上就像犁过的地畔一样。

他后来跪在那里，竭力看着雪原的远方，雪线上正升起一轮太阳，红装素裹，分外妖娆。于是想起了许多女人。他在一个龙骨洞里强奸了一个来偷他龙骨的女人；为了防止她的反抗又用被子蒙住了她的头；以致事毕之后发现她死了，就极恶心自己原是在奸尸。就对这女的印象全然模糊。但他没有忘记那个道姑。

唯枪响的刹那，他想到了年已高迈的爹和娘，似乎有些伤心，但还要继续作想，就倒下去了，那要掉下来的一滴眼泪终于没有掉下来。

三十六

也不知在什么时候，八石洞里的八具似人非人的钟乳石已经完全变成人。人当然不是活人，是石头人。

这种变化，出奇的是谁也没发觉，所以也没有丝毫骚动，似乎这种人的石像一直就是如此，甚至玄虎山的人到了那洞里，还说："这是八神洞么，怎么原先还认为是八石洞；神像怎么全是混沌石头呢？"

庆元寺的小道士却感到惊骇，说明明原先是似人非人的石头。玄虎山的人就笑小道士是道观中人，看人世都是冷冰冰的。

外乡外地人到庆元寺烧香祈祷，听了小道士的话，为了进一步证实，也就到八神洞来向旁边汲水的或者打草的人打问事实真相。汲水的或打草的便指着黑黑的玄虎山的这个白洞，就说："从前，有一座山。山上有一个洞。洞里坐着一个老头在说：从前，有一座山。山上有一个洞。洞里坐着一个老头在说：从前，有一座山。山上有一个洞。洞里坐着一个老头在说：从前，有一座山。山上有一个洞……"

洞口，来人亲眼看到了那一副对联：

云在山头登上山头云且远

月在水面拨开水面月更深

剥脱的两个字，已经拟而补之，拟补者是年轻的堰长。

第四章　马角

一

苟旦在过风楼生成三十来岁，还未娶妻逮子。村人看他不大，他也伏低伏小，痴痴望着山梁上的一尊石牛而默声恨爹。石牛是传说一牛在垄上耕种却企图上天作仙，遂整日立于山梁往空张望形化为石。苟旦恨过爹了，倒对石牛生十分的怜悯，日暮间款款上山，读石牛身上的一首古刻诗文：

> 苔藓作毛淋雨长
>
> 葛藤穿鼻任风牵
>
> 他年不饮池中水
>
> 何日能耕垄上田

苟旦文墨浅，未能全懂，却有意会，放沉了一颗脑袋回过风楼作息。

过风楼为三角沟岔里的小镇，一条街分两个小街形如人字，很偏僻。街上的人或许都英英武武，立石牛山梁下视，万山丛岭，镇如一皱褶，人荒唐似草芥。但战争年间屯养过一支中央的红军，现在该算小小的一块儿圣地。这正恰是过风楼人的得意，虽然此地没有一家商行，没有一所作坊，且三角沟岔里的风方向不定，回旋强硬，城里保护得至今巩固。于乾坤朗朗之日，微风浮街上零落毛羽袅袅起飞，孩子们以及大人皆注目凝视，一方说：那是鹰的羽毛，一方说：那是鹞的羽毛，其实是一根鸡毛，终未飞过城堡，停止在堡门洞上。堡门壁被青藤盘绕，如乱蛇纠缠，其中有些许斑驳字迹，依稀辨认的是"□□□□匹夫有责"。估计是战争岁月的宣传。

活该是一桩天意，当年红军在镇上住不下，三角沟岔里的崖坡到处有挖了住人的窑洞；就那么些薄田，竟也种啥长啥，养活了数年时间里的万人部队。红军走后，这里又恢复了贫困，经年干涸，树发不开身，禾苗多不分蘖，以致人与人相见不论何时何地，皆问候：吃了？！

新编县志记载：过风楼保养过革命的势力，也同时为革命输送过人才，单战争年代随红军出走的就达三十五人。数十年后，有的或升云不归，有的或托形假死，健在的如今皆在首都和省府做了领导。做了领导的其直系亲戚自然也都走出了过风楼，现存的芸芸众生，却"匹夫有责"的风气犹存。他们的气质非常好，说话行事，俨然太阳是从这里升起，振臂一呼，便可以应者云集；相形见绌，就显得苟旦极其猥琐，外地人一见他竟甚至怀疑他不是过风楼人，是骗子，扭了胳膊要送到派出所去。

苟旦爹三十岁的第二天，参加了部队，不久就赴朝鲜作战，回家的唯一一个晚上，约相好的一个女子到山根，黑天风地里要那个，女人先不肯，脸烫如炭，后来说："反正馍是你的了，你吃了心就甘了！"这便有了苟旦。因这一夜他们是靠在一棵杜仲树身上行的事，树叶摇落了一层，苟旦以后的腰不疼，身体挺好，但在惊惊恐恐之际，苟旦的脑子便不聪灵。苟旦爹一年后死在异国，他应属烈士的遗孤，但过风楼每一块儿石头都有革命的价值，他爹就算不得什么，且先行事而后又未娶，是私生子，苟旦的出身不算好也不怎么风光了。

每一个时期，过风楼都有时兴的词语，苟旦只会讲"保家卫国"。这是爹说给娘的，娘又说给他的；娘死后，苟旦就把这话记死了。

在街上，苟旦正看着一只狗叉了后腿在墙根尿尿，肩头上被重重地打了一拳。回过头来，是泼皮武二，武二说："谁骂人谁是野种！"苟旦疼痛得脱口要骂，想了想，不言语了，瞪着眼睛。

"苟旦，学大寨好不好？"

"学大寨好，能保家卫国……"

"那给我修地去！"

"我还没吃哩。"

苟旦的前腔贴了后腔，家里没了粮，饿得肚里烧烘烘的。

"拼命干革命嘛！"

武二一扯，苟旦立脚不稳，一个趔趄头撞在隔壁的门扇上，门开了，新划了漏划富农的麻文仁老汉正吃饭，给了苟旦一个菜饼，苟旦一边啃着一边往山上修田去了。

收工的时候，队长把苟旦喊住了。

"苟旦，你中午吃的什么？"

"菜饼。"

"谁给的？"

"隔壁。"

"你是什么农？"

"贫农。"

"贫农怎么样？"

"贫农……保家卫国。"

"那你脑袋长到腿缝了？麻文仁这是拉贫农下水！"

"那是一个菜饼，苦不兮兮的，吃得肚子好疼的。"

"……漏划富农在坑害贫农！"

苟旦回家，想队长的批评是对的，再不到麻文仁的家里去借盐借醋，见面也不问候：你吃了？饭辰的时候，院墙那边老少围着石条桌子吃喝，苟旦冷清清地蹲在这里喝糊汤，糊汤稀而烧嘴，他夹着酸菜，偏大声说："抄！抄一块儿嫩豆腐！"毕竟不是嫩豆腐，苟旦喝得肚圆如蜘蛛，气呼呼地拿眼看天空，天空昏蒙蒙的。麻文仁家的一棵柳树树冠颇大，有一枝竟伸过院墙这边来。他立即将火气发泄于树上，爬上院墙，拿斧子砍那树枝。

"苟旦，你怎么砍我的树？"

"它侵占了我家领空！"

"你，你……"

"我保家卫国哩！"

随后，"文化大革命"运动开始，过风楼是全县最早轰轰烈烈的地方，人人都有了观点，大字报刷过一层又是一层。苟旦不会写毛笔字，就拿笤帚涂糨糊，有时大字报要贴得高，没梯子，别人会踩着他的肩膀上去一个，再上去一个，多时达到四人。他在下面累得嘴脸乌青，像庙堂碑下的乌龟。每当另一派过来辩论，双方就伸长了脖子口战，日光斜注，他们的影子就投在墙上，一来一往，你指我的鼻子，我指你的鼻子，后来鼻尖就对着鼻尖。苟旦口齿笨，就静立一旁，关注形势。

"你要怎样？"

"你要怎样？"

"凡是牛鬼蛇神，就要批判，就要打倒，打倒了再要踏上一脚，叫他永世不能翻身……"

"你们牙上有韭菜叶，你擦了再说吧。"

有韭菜叶的愣了一下，顿时泄了锐气，一时反不上话来。

苟旦见同盟略逊了风骚，几乎在一刹那间，唰的一声，他将笤帚上的糨糊甩对方一脸一身。

武斗爆发，苟旦不知道爹在朝鲜是如何作战的，但苟旦只觉得要保家卫国，别人差不多皆带伤了，苟旦却无恙。可这一派为了声讨另一派，让他装扮挨打受害者，他将鸡血抹在脸上，被人抬着过街游行，他长声呻唤不止。

"苟旦，你锻炼出来了，有政治头脑了！"

"……我保家卫国……"

苟旦原本会在"文化大革命"中成为一位真正的过风楼人的角色，但运动结束了，日子又过得寡淡。在生产队集体出工的田地里，因为无聊，也因为肚子饥饿，大家就穷开心，竟将苟旦"装裤裆"。过风楼的小儿做玩是金鸡独立姿势的"拱仗"，鸡窝里一阵斗喝。大人们则带有性的意识，将一人裤带解下，反缚了双手，头塞于大裆裤内。苟旦干农活并不内行，也乐意被这般作弄；在别人看着他那没穿裤衩能露出来的黑屁股而开心中，大家也乐意替他完成他的那份活计。

一日，苟旦照例在昭昭日光下装了裤裆堆在地边，听大家在痛快地欢笑，他就此可做一个幽幽的长梦。约莫昏昏欲醒之时，太阳照得裤裆很热，臊臭气难闻，却听见劳作的人在说另一种的话题。

武二已经在"文革"武斗中死去。他在世的时候，裤带上总别一份报纸要在做工时读的。武二死了，二珠的徒弟继承了作风，他拄着锄把在看报。

"看过报了吗？北京正开 × 届 ××× 会哩！"

"这我知道！一直拖了三个月，怕人事上又要变了！"

"××× 开幕式上怎么没出来？！"

"他完了！"

"完了？"

"去年冬天我就估计他不行了，我和二珠打过赌！"

"二珠当教师，没你看的报多？！"

"我说联合国秘书长是瑞典人，他说是意大利人……这民办教师的水平，还张狂要写书！ ××× 在省上工作时我就认为他不行……"

"他不行你行！"

"我倒还真比他强！"

"你连个生产队长都当不好……"

"能治国的不一定能治队，刘备会耍丈八长矛吗？"

话语从近及远，由大到小，是劳作人锄到地的那边去了。太阳开始偏西，人的影子比人拉长了二尺，人们忘记了，田埂的这边还有装裤裆的苟旦，说，收工吧，就收工了。

苟旦脑袋在裤裆里，浑身的骨头节节都酸痛起来，他开始蠕动，结果就从埂梁上滚跌到满是坷垃的地里，那脑袋从裤裆里挣脱出来，一个赤红的肉球，好长时间里眼睛睁大。

三角沟岔里一片晌午的寂静，太阳的光脚在山梁上移动，峭墙摩空，形势倒悬，无声无息的风摇动起松叶，影子落地款款，似乎要幻化为泉。苟旦自然不会欣赏这天地造化，却油然奇怪那些红军居住过的洞口，春草萋萋，山花迷媚，遂也作想每夜每夜的月在岩头上也未曾被寒云锁住。

队长在家里端着比脑袋大的土瓷碗喝糊汤，酸菜把牙床嚼困了，忽然想起还堆在地头的苟旦，呵斥着儿子去解放。苟旦摇摇晃晃进村了，四十八级的堡门台阶上，他走得很懒，很散。

"苟旦，你吃了？"

"狗吃了屎！"

"……苟旦该拾掇个女人做饭吃了。"

队长的关心，使苟旦骂他不得，咕哝道："把你女子嫁给我？"

苟旦后来就做了专门出外的劳力，村里派他到十五里外的山里修水库，水库修起了，到南川修公路。苟旦在过风楼是最蠢的，在外却显见爱开会，喜欢看报，踊跃地在会上讲话。水库和公路皆是数多年的产物，它们被不断地更换着名称："反修库""斗私路""批儒库""灭资路"。苟旦既要表现他过风楼人的特点，却什么都要和保家卫国连起来，弄得不规不则，不伦不类。当公路彻底修好，定名为"胜利路"后，苟旦是回过风楼了，却家里什么也没有，满地里栽下了石头：他分到了一亩五分的责任田。

自己经营自己，当了数十年农民的苟旦却不会当农民了，他始终记不住二十四个节气，不会撒种，亦不会扬场。早晨起来，他一句不吭地坐在门槛上，似醒似乎又未醒，逮听队长的摇铃声或者招呼开会念报，那铃终没有醒，也无人招呼，他方清醒已经不能集体出工了，也不能被人装了裤裆堆在地头了，茫然间无所适从。他开始揉眼揉膝盖骨，打很长很响的哈欠，开始等待谁家来叫他去帮工。

打地基，淘井，扯锯，白天里凭着蛮力打发过去，夜里是他最难熬的，他就会随便到某一家去，和人家海阔天空地谈讲，都涉及的是大人物，都是天下事，一边谈讲，一边从主人家的烟末匣子里抓烟卷着吸，鼻里口里三股浓烟滚滚。

"苟旦，你小子也知道这么多！"

"看报的嘛！"

苟旦其实并没有报纸看，有报的人家有意占据新鲜消息，看罢了还要糊墙，包辣面，剪鞋样；苟旦的知识一半是从旧队长那儿听来，一半从二珠的口里听到。

"苟旦，你说困了吗？"

"不困。"

"我烟末完了。"

苟旦只好出了那家，一个人沿着街巷走，听谁家的女人在硕大的便桶里撒长时间的尿；听谁家儿子屙了屎锐声喊舔屁股的长舌狗，最后就去民办教师的家了。

民办教师张二珠好长的脖子，脖子上好大的喉结。他是过风楼一帮年轻人的精神领袖，他们后悔着没能赶上在战争时期成长为人，就一心从事业余写作，企图以文学出人头地，改变自己的命运，也改造天下的形势。

苟旦进去的时候，屋子里的小桌上放着一瓶白干和一碗酸菜，四个脑袋围着灯在研究着一张报纸。

"瞧瞧，这一段话提法变了，和 × 月 × 日的有出入。"

"你还记得以前的提法？"

一个小黄脸眨着眼背诵起来，高山流水，阴阳有致，果然和现在报纸上的提法有三个字不一样。

"清楚了吧？"

"清楚了。"

苟旦并没有被邀请到桌前喝酒，他们说的话他听不懂，但还是静静地坐在一旁听着。人家愤怒之时他也恨一声，人家开心之时他也笑一笑。

"苟旦，你笑什么？"

"我听得懂。"

"你懂个屁！"

他们把苟旦轰出去了。

"我保家卫国……你们不肯吗？"

他站在冷清的巷道骂了一句，觉得极丧气，就听见前边有脚步声，似乎是三四个人。

"谁？"

"是苟旦吗？"

过来的是旧队长一伙人。他们对苟旦很热情，他们低声怨恨着乡长，甚至要咒骂乡长，说他不该与刘家寡妇来往，苟旦就明白了。"要去捉奸吗？""乡长是到刘寡妇家去了。""这算屁乡长！你当也比他强！""他舅舅在县政府呀！""那你怎不给他劝劝？""谈过，屁事不顶。为了不让他犯错误，咱去捉一次，伤他个脸儿，他就清醒了！"

五个人摸黑到了刘家寡妇门前的篱笆下伏了，他们大气不出，缩小着身子，拿眼瞧着那窗口的灯光，听见里边有窃窃说话声。

"苟旦，你去敲门，就说找寡妇有事。"

"队长……这……你让别人去敲门吧。"

"××，你去！"

"还是你去好。"

谁也不肯前去敲门，他们的脚开始发麻，直到麻至脖颈直到瞧着那关闭的门吱儿打开，乡长闪出去走了，大家方一拥而上冲进寡妇家去。寡妇衣着完整着坐在炕沿。他们质问她，她反驳他们，后来闹到骂，那寡妇抢天呼地地哭，他们说她是神经病了，她回骂他们才是患了神经病。

二

相传过风楼在宋朝时是边界，金人入侵，朝廷割地求和，分线就是石牛山岭。山岭西属金，山岭东归宋，石牛的神话就从那时远近播衍。数年之后，朝里的一个翰林学士告老返里，来到石牛山岭，大大耻笑了石牛，便写下了那首至今刻在石牛身上的诗句。不想翰林步入岭下，竟发现三角沟岔里好一片风光，四面坡崖环匝，拱出方圆一片平地，立起可听见石牛山岭下黑河流水潺潺，倒卧则万籁俱静。经风水先生察视，认定此为金盆穴，翰林遂造屋安家。这一夜，黑河忽涨大水，从上游冲下一堆大小木料，翰林用木料建筑，四合大院，一明两暗，木料不多一根，也不少一根。现在，过风楼的人都说此镇是天地作合造设的。那翰林一直活到一百零三岁是寿终正寝。这恐怕就是苟旦的祖宗了。

翰林家族的坟地是最大最完整的，一直是过风楼的主宗，到了苟旦爷爷辈，则化泰为否，人丁不旺。当来了红军，出了许多土著的英雄人物，姓氏都为卢，卢家是真正地翻身了，暴发了。远近人皆在议论，翰林家族败了，败在金盆穴上，卢家为"漏"，金盆虽然能聚却不能守，全然漏失，元气自然殆尽。

卢家暴发之后，万般感念的仍是这个金盆穴。他们看重这里的山山水水，一面石崖，和石崖上的一棵怪木，自然更加播衍石牛的神话，说石牛原本是女娲补天遗留下的一块儿石头，这孕璜的遗璞虽然曾变作了人世间的一头孺牛，但它仙心未灭，才成了如此情况。过风楼就每年三月十八有隆重的祭石牛社会。

从三月三日，社会就筹备开来，他们要扎许多纸火届时抬上山梁去焚烧，于是产生了极其精美的纸扎艺术和工艺极其精美的民间艺术家。二珠的爹就是最绝的高手。他每一年从河滩地砍下芦苇，从高高的黑崖上砍下青竹，就挑最长最直的存放于楼板上，在清明踏青之后，麦场上的石碌子就滚起来，二珠的爹演杂技，双脚蹬得石碌子来回往复，芦苇和青竹就碾成亮亮的细软条子，收揽住灿灿的跳跃阳光。然后，掩门谢客，净手焚香，二珠爹就待在堂屋从事自己的工艺，此十天八天，谁也不知道那芦苇和青竹眉子是怎样被扎成各种鱼虫花鸟，更不知道那金纸银纸是怎样叠成山水人物。这简直是一个弥天大谜！待到三眼铳声响过，过风楼的街巷里欢呼：开纸火了！二珠爹方走出来，他已经长胡长发，两颊消瘦，双目红肿。他为神的贡献煞费了心血，村里人慷慨无私地送去鸡蛋、羊肉、菠菜。纸火被一架一架抬至过风楼村中的大碾盘上，它工艺精美无比，华丽叹为观止。每一架是独立的一个世界，上有日月，下有峻山，山有莽林，林有走兽，一带云雾，深藏人家，楼阁亭台，台上生旦净丑，扮演今古奇事，那一抬脚一举手，那摇曳身姿，顾盼眼神，无一不惟妙惟肖。最为二珠爹得意的，是那架石牛图，他在同一环境中纸扎了石牛下凡和盼望上天的四个动作：立在云际，纵身下凡，作牛耕勤，望星化石，情节的瞬间动作分解为四个单位，足以使每一个观众皆感受到人生世事的遥远和神灵。

三月十八的前一天，即三月十七日，过风楼锣鼓紧敲，村人要抬着十架、数十架纸火在镇中游行，这似乎是翌日祭石牛神的前奏，是一种演习。

那锣鼓敲打如五雷轰顶，后来就集中所有的青壮男人，一边敲打，一边狂呼乱叫，且互相推搡撞冲，他们这样做是乞求"下马角"。马角者，是第二天护守纸火上天的神的力士。而马角为谁，所有的男人皆不可知，全在这五雷轰顶的锣鼓声中，在推搡撞冲的摇撼中产生。于是，便会有一男人突然双目圆睁，几乎裂眦，手舞足蹈，癫狂不已，口吐"吾马角来也！"这人便是这一年的马角。立即，有人就将铁打的四十斤重的大朴刀交给他，他当众砍，杀，劈，跨，翻筋斗，打列子。马角的产生，完全不是人为的，因为他的一切举动全然越过常规，或许他从来是腼腆好静的小子，或许他从来不会做什么武功，但一旦神附于身，则别是一番举动了。

马角既已选完，村人筹款要付他四十元钱和一双鞋的，先是麻鞋，到后是胶鞋。第二天凌晨，镇中锣鼓一敲，马角先到，过风楼的全体人集队出发，前边是三柄三眼铳，冲放震耳欲聋的火炮；后是马角；再后是纸火，是七面白旗，七面红旗，七面黄旗，七面蓝旗；往后是人群，人群中则又是马社火，差不多是十二匹或十六匹，每四匹为一组，人骑马上，演动古旧戏文，一组与一组分隔并不远拉距离，而将起首的马上人物倒转身来皆可。这支社会队缓缓向石牛山岭进发，至每一个山岔，到每一处十字路口，马角就左砍一刀，右杀一刀，那铁打的真刀砍在树上树倒，杀在石上石裂，威力无比，曰为"开路"，锣鼓就更响了，三眼铳就连珠炮似的放。

苟旦在年少的时候，年年都经历过这种惊心动魄的场面。每当三眼铳一响，万山丛岭似乎一起酥动，其时天色微明，路旁黑柿浓浓垂垂，上百万千的乌鸦突然离枝而去，柿林顿时稀疏明朗，天白地亮，看每一棵柿树如佛堂的千手菩萨。而成群的乌鸦从头顶飞过，先是一片漆黑，渐渐黑白交错，再是集中到沟的对面山坡的柿林去又是黑白交错，渐渐一片漆黑，浓浓重重。苟旦此时就浑身发冷，感到一种说不出的慌恐。

石牛神社会是一代一代传下来的，它的隆重远远赛过了新春过年，但是"文化大革命"中却废除了。石牛神原先是有庙宇的，建筑不大，屋脊雕饰十分精巧，运动中队长和苟旦破四旧，便喊着"砸碎上层建筑"而将屋脊上的龙头凤角一一捣碎了。庙中的一只钟，八磅大锤砸不碎，架了柴火烧了两天两夜，泼水方裂。忽有一日，过风楼有了消息：要过社会啦！这话由一长舌妇说起，极快在男人们中传延，询问谁说的，结果根子在旧队长，人人皆疑惑了。

旧队长确实说过要过社会的事，但却并没有挨门挨户落款筹资，他实则去了石牛那儿焚了一沓草纸。人们向他证实此事，他直言不讳，又谈讲天下大事，他出奇地竟再不言语，而且很快，就在一次上屋檐补添新瓦时从上边掉下来，将一条腿跌折了。

"老队长，你这是怎么回事，你不是给石牛神烧过纸吗，神也不保佑了？！"

"怎不保佑？不是烧那纸，掉下来能是折一条腿吗？脑袋早没了！"

"你说是该恢复社会了？""大家看吧。""乡长会不会批判是迷信？""日子好了嘛，不该热闹热闹吗？！"这时候，瘫在炕上三年的乡长的母亲倒头了。乡长的长相，是过风楼里男人们最标准的模子，卢家的人全都大块头，高鼻梁，唇红齿白。乡长曾经说："我们卢家的祖奶奶八成是被金人强奸过的。"他说得很粗鲁，又极自豪。旧队长他们捉奸未成一事，事后乡长是知道得一清二楚，他甚至在事后特意用自行车带着年轻漂亮的女子每日里从过风楼的街上东骑到西，西骑到东。老娘殁了，他选定的坟地偏在林家祖坟的上方，立即有风水师出谋定策道：此穴位埋人必须要碰上一个戴铁帽子的人方能入土。过一日，过风楼的人几乎全部去行礼，他们用麦面蒸一个升子大的献祭，买一刀麻纸，去灵堂上表情严肃地作拜，然后劝说乡长节哀。当浩浩荡荡的送葬队伍向山坡上行进，旧队长担任了全部的指挥，他不允许抬棺木的人将棺木放在地上换肩，他反复训斥撒阴纸钱的人要每十步当空抛撒，不能随便丢在地上，他叮咛乡长在封墓的时候一定记着要带一块儿墓砖返回。但是，棺木停放在墓穴口，远近却没有戴铁帽子的人出现，鞭炮便不停地响着。

　　这响声震动着坡下的来往行人，距过风楼八里的集市人做罢买卖返回，都吸引了前来观看，不想就哗哗啦啦地下起大雨来。苟旦知道乡长了解了自己曾经参与捉奸，他没了脸面去向卢家吊唁，一早就去集市上买锅去了。返回山上，听说旧队长也送葬了，心想：这队长倒会活人，把我现亮了！遂也赶到坟地去。雨下得生大，苟旦没有雨具，便将铁锅顶在头上，还未跑到坟地，坟地上旧队长锐声叫了："戴铁帽子的人来了！"

　　夜里，苟旦又是没处去，在街巷里溜达着，瞧见旧队长的屋门洞开，一人在家里坐喝白干，他进去了。

　　"苟旦，你这狗东西，你为什么到坟地去？"

　　"你都去了，你让我做仇人吗？"

　　旧队长呆呆地看着苟旦，伸过手却拉他坐下喝酒了。

　　"过社会！"

　　"过社会！"

　　"过社会！"

　　三月十八日的石牛神社会热热火火地过起来了，扎纸火的是二珠。他虽然没有其父的手艺高超，但他的纸火的内容却比其父新鲜。他扎的是另一种世界，没日没月，没山没水，没花鸟，更没人物，全然是楼台亭阁，庄庭院落。他是领导着四五个文学青年搞创作彻底灰心懒意，甚至将笔也折了，但也毕竟更懂得一些艺术的动机，这楼台亭阁的庄庭院落，墙的横竖，楼的内外，皆异角度地观察后的印象，使时间与空间相互依附，将不可视的时间过程理解为可视的细小空间的组合，如果有理论家在此，那就会解释为是以四维空间和五维空间来处理骨架、位置和边框的。可谁也不明白他为什么就是没有一个人物。

　　过去社会中马角使用的朴刀，是镇西头老爷庙里周仓手里掌握的武器，"文革"庙毁了，朴刀做了武斗中的工具，后被县上收缴了去。旧队长就在镇中收缴了一堆烂镢和破锨，背着去铁匠铺里重新打制。铁匠铺的主人

119

是麻文仁父子，麻文仁惊得眼珠老大。

"这事乡长同意了？"

"你挣你的钱，管这么多的事？！"

"我可不能没个头脑呀！"

"我这头脑不比你的头脑？你造吧，社会是我承的头，我就要组织过社会，石牛神它懂得我的……"

"队长，队长……"

旧队长却脸面抽搐，鼻子发响，哽哽咽咽地哭起来了。

麻仁文不明白他为什么就哭了起来，瞧着他发乱胡长，衣衫破旧，倒觉有些同情，开始架起炉子，拉动风箱了。

"老麻，你啥事不管，你只挣钱，这好，好……"

"队长，你要入伙，我乐意哩！"

旧队长却再没有言传，自己动手拉风箱，炉上的火红起来，红如出山的太阳，如血。烂镢破锨的顽铁疙瘩在炉火中发稀发软，炭一样的夹出来，大锤咚咚，小锤当当，震响着四山围闭的过风楼，回音又在长长的街巷从这边墙弹射到那边墙。

旧队长先将新造的朴刀在铁匠铺门前的土场上如驴打滚一样耍了一身臭汗。

三月十七日"下马角"，锣鼓敲得价天地响，马角却"下"不来，一群粗壮的男人们在狂呼乱叫中，互相撞冲中头脑异常清醒，言辞异常规范。旧队长跑前跑后，各处照应，就急得满脸汗珠，最后只好来分配了。

"苟旦，你是马角！"

"队长，神没有附我身呀！"

"分配你就是你！"

"分配？"

苟旦从被正式承认为劳力在生产队下地干活的时候，他一直是被分配干什么就干什么的，但他还是第一次分配来当马角。他抬起脑袋，疑惑地看着旧队长，看着敲锣的男人，后来就看着了过风楼堡门洞上那隐隐约约的"□□□□匹夫有责"，他突然眼睛放亮，饱藏着一泓感动之情，如神果然附身，竟旋风般打起列子，倒立着走路，在众人一片喝彩声中，那倒竖上来的双腿，一屈一伸，犹如神话中的刑天，没有头颅，要以双乳为目，以脐眼为口而舞蹈了。等旧队长将朴刀递给他的时候，他气喘吁吁地坐在地上，说："'保家卫国'了……吾，吾马角来也！"

三

过风楼出现了几十年来未有的安静，街上闲散之人锐减，但小卖铺却三步一个，比比皆是。冷冷的月光从街房的前檐斜面上流下来，街道白一半，黑一半，猫的叫春声使每一位老少都听得真切。有人从堡门洞的四十八级台阶往上走，一步一个空洞，各家的叫卖就此起彼伏，希望那月光拉成的黑影首先来到自己的铺前，但脚步声倏忽消失，卖主们呼不来饥饿，呼不出寂寞，叫卖声的最后一句就被自己咽下了。

旧队长的腿留下永久的残疾，行如雀跃，办起了一家根雕艺术厂。他不懂什么艺术，却认识了一位会雕刻的县城人，他负责挖山上的各种树根，用架子车每十天运往县城一次。旧队长当了多半生的农民，他竟没有想到一棵树根甚至和树冠一样庞大复杂，树苗出土之后，一方面努力向高空上长，一方面更极力地向下扎进。一丛梢林，根系互相盘错，形如网状，使得他的刨镢常常嵌在里边，拔也拔不出来。民办教师二珠，经过满是树根的旧队长门前，不免两人惨惨地一笑。"吃了。你吃了？""吃了。"旧队长会丢过去一根香烟。"我戒了。""戒了，写文章的人能戒了？""你瞧瞧这指头……我胖了呢。"旧队长似乎记得他应该问问二珠：他家的三小子学习怎么样？二珠却已经匆匆地走掉了。

白天的街巷没有了许多人，晚上更没了扯话的场了。苟旦没有消磨时间的去处，就双手拎起来在石碌子碾盘上晒太阳。后来就陪着他也来了几位，皆微闭了眼睛，在光照下沐浴，体验着虱子在身上的某一部位窸窣爬动。偶尔，苟旦看着山岭上的石牛，众人也扭着头看，到底在看什么，苟旦没有说，众人亦不说出。"山那么高的。""山梁上离太阳近吧。""离太阳越近越冷的。""哦，石牛是冻在那里变的。"乡长的儿子在县城工作，媳妇是过风楼早先的业余宣传队的。这小女人长得很稀，她坐在不远处的一片太阳下织毛衣，朝这边说话，媚眼活泼。

"看报了吗？原先那个联合国秘书长被人告了，说是纳粹战犯！"

"……"

"这怎么可能，他成了战犯？全世界让一个战犯领导着？！"

"……"

"听广播了吧，×省长检查工作到县上啦！"

"……"

"×省长和×书记尿不到一个壶里，两个老婆见了面，听说是你往地上唾一口，我也往地上唾一口……"

"……"

"现在走到哪儿没个囫囵单位了。"

"……"

"喂，你们都哑巴了吗？"

石碌子碾盘上的晒暖者没有羞愧，亦没有发笑，他们依然看重着天上那一轮太阳，看重着手里那一根烟袋，叽叽咕咕地说着天文地理。苟旦一直不明白，却已感觉到过风楼开始不像过风楼了，是另一种味。他替乡长的儿媳受冷落很觉遗憾，给他们使眼色，暗示接应那女人的话，但他们还在说他们的：韩伯你看本年收成如何？韩伯说夏至如在五月中高处大熟，若在初八初九初十早谷有收，若有平稳在五月末早苗有旱。韩伯雪雨冷冻你可知之？韩伯说如何不知立春有大风大雪青禾苗有损虫蝗有侵。韩伯一年十二个月四方起风是啥看法？韩伯说正月初一起異风禾苗结实，二月初一起震风主有八成收成，三月初一起离风宜得麻油，四月初一起兑风宜种黍粟，五月五日……苟旦不得其解，听得头痛，他拾起身往乡长儿媳那里去了。

"苟旦，你们在说些什么？"

"鬼念经。"

"这些人脑子不正常了呢。"

"不正常呢。"

"……这里怎么啦，日子过得没盐没醋的。"

"没盐没醋……"

苟旦在和乡长的儿媳说过这话的第二天，过风楼却又张罗唱起大戏了。热心主办的仍旧是旧队长，而且旧队长找着苟旦，让他参与活动。苟旦表示，能信任他，他会尽职尽责的。他果然积极，逢人宣传，甚至将过风楼的东片和西片的代表召集到了一起说了许多保家卫国的话。东西两片就各筹款三百元，各请了一个县的剧团共同要在街中心的大场子上演出，对台戏谁家唱赢了，六百元里可以拿走四百五十元。

开戏那日，苟旦又被分配用白灰在大场中画一界线，午时三刻，一声三眼铳炮响，两家剧团一起开锣，粉墨登场。先是东片的戏台下人多，苟旦在西片，便在台下拉人，西片台下人又多过来，对抗得不分高下，难辨雄雌。戏台下就喧嚣开来，人如流水旋涌，倏忽漫向东，倏忽悠向西。苟旦十分体面，在人窝里挤得黑水汗流，却觉得谁也见他笑，后来，脚跟未动，身子极度倾斜，就倒下去，同时有许多人也倒在他身上。

"保家卫国！保家卫国！"

他愤怒地骂着，却发现倒在自己身上的是乡长的儿媳，几乎脸要碰着脸了。这一照面，使苟旦印象颇深，骤然身上有了异样感觉，眼睛也乜斜了。乡长的儿媳赶忙爬起来，抱歉地冲他嫣然一笑，遂挤到另一边去了。苟旦自此心魄摇动，忘了其责，看着那女人的行踪。后来，女人出了戏台，往戏台后的那一排杨树后去，他终于鼓足了勇气从人群出来也往那里去。杨树后，那女人却不见了，树后的沙地上有湿湿的一片，形如地图，且湿沙地中有冲出的一个小窝儿，一只小螃蟹高扬双钳横着爬动。苟旦竟呆呆地看着那小窝儿好长时间，末了用手去提那小螃蟹。但立即，他被一个耳光扇倒，站在面前的是乡长的儿子！

苟旦一脸羞愧，撒脚就跑走了。

东片的戏到底没有争过西片的戏，戏一毕，立即宣布观众不准移动，以白灰界线清点人数。找苟旦清数时，千呼万唤没有了苟旦的踪影。苟旦是一口气跑出了三里地，软倒在山根下的石碴地里回头看时，乡长的儿子并没有追撵。但他不敢回去，他明白自己干了最丢人的事体，索性就站起来，独身去了县城。

在县城流浪了数日，没想在汽车站的候车室过夜时认识了一帮贩漆的人，他们瞧着苟旦忠诚而相貌凶顽，就邀他一块儿去做生意。贩漆人从过风楼南六十里的大山将漆收购，兑上百分之二十的水贩到山东、广州高价出售。为了逃避车上的检查，他们将漆分别装在塑料袋里，再装进大帆布提兜，而三四人将货运到车站，让一人去搭车带货，交与山东、广州车站的接应人。苟旦就成了这个贩漆集团的脚夫，三日之内，由收漆处背一百斤漆袋翻山越岭到县城。苟旦是有这种蛮力的，且出了蛮力可以获得不少的报酬。苟旦渐渐地忘了过风楼，忘却了乡长的儿媳和儿子，他生活得紧张而有趣。

八个月，苟旦知道了许多从前并未知道的世事，挣得了裤衩口袋里鼓鼓囊囊的一堆钞票，他衣着新鲜地返回过风楼了。

隔壁的邻居麻文仁，灰屑满面地从铁匠铺回家去吃饭，巷口碰着了苟旦。

"苟旦！简直不敢认了！你出去赚了钱了？！"

"赚了。"

"外边世事大啊！"

"大啊！"

苟旦附过来，神秘地告诉说：×省长到本县检查，你知道他说了些什么话，对本县领导谁谁满意谁谁不满意？×省长回城后开了什么会，作了哪些指示？麻文仁却一派麻木，毫无反应，只问苟旦在外做什么生意，日里能赚多少钱。

"钱多钱少没意思！人活着还得那个……保家卫国嘛。"

过风楼里正进行着××乡代表的选举，过风楼是极严肃和认真，他们要把选民资格的条件和候选名单一笔一画地抄写在大红纸上，张贴于街头巷尾，这自然是二珠和他的文学徒弟的手笔。于是，每天会有人到领导小组来汇报：××不能参加选举，×××名单上的年龄和实际年龄不符。苟旦一到家得知此事，忙跑到街头的名单表里看自己，从前到后，从上到下，他看了两遍，竟没有自己的名字。他去问二珠。

"怎么没我的名字？"

"苟旦发了？！"

"那女人虽然是乡长的儿媳，可我没对她怎么样呀！"

"苟旦倒会做生意了？！"

"二珠，这名单是你写的？"

二珠正经起来，告诉说名单是他的儿子代抄的。两人一起到街头，用枯笔在名单上加上了苟旦。

翌日，即是投票选举日。人到得并不多，大家提议：不需要在一张纸上画圈圈，也不需要将画了圈圈的纸投到那个木箱里去；口头提名，举手选举吧。于是，会场并没有沉默，有人提出苟旦，众声附和：就选苟旦，让苟旦当代表！

苟旦万万没有想到人们选到自己，他大受感动，站起来说话，不免又是夹三夹四的保家卫国之类，人们就哄哄地笑，他就从怀里摸出一张报来，竟一字不漏地往下念。

选举结果报上去了，苟旦当选的理由是他有了钱，由贫到富，应当给他奖励吧。乡长对苟旦当选也十分赞同，诚心诚意地评价他是真正能代表过风楼的气质了。自然，又一次的村长改选，又是苟旦莫属了。苟旦拿上了每月十二元的干部补贴金。

苟旦再没有去贩漆，贩漆集团的人曾经来找过他一次，他说他现在是村长。

"就那十二元钱？去一趟山东那是多少？！"

"……"

"你不去也可，过风楼是老镇了，旧社会的银货多，你收收，去广州比漆挣钱多哩！"

"贼苟旦，你怎的不说话？"

"我是村长嘛！"

"离了你天就塌了？"

"这，这……人人有责……保家卫国……"

苟旦终没有被诱惑，他老老实实去乡上开会，开完会老老实实在村里执行责任。治国治天下的政策苟旦是不懂的，生产安排也是用不着苟旦去教训每一家村民的，当乡政府开罢计划生育会后，他挨家挨户动员做手术，动员不了，指标完不成，乡长指着鼻子骂他。

为了保证政策的贯彻执行，乡长下令撤销了苟旦的村长职务。

苟旦找着了那帮旧友，又去贩漆和贩银货了。

又是三个月，苟旦重新返回到了过风楼，声称他在六十里外的大山里生活得很好，已经与当地说妥，他在那里落户，做上门的招婿。而且说出令人瞠目的话：要把祖宗的遗骨也迁移去。

苟旦的祖宗里，最有名的是翰林，这是给过风楼增添无限光荣的人物啊！"苟旦你真要刨根吗？""刨。""这是翰林爷选的金盆穴呀！""刨。"过风楼的人都觉得苟旦神经真有些不正常了，但旧队长却认为苟旦在外边经见多了，已不是往日的苟旦，他恐怕迁移祖骨是假，谋望祖坟里埋着的银货了。

苟旦家的祖坟十分庞大，他并没有请别人来帮忙，做了好多小匣子，挖开一座，将好几片白骨用红布裹了装在其中。待开掘翰林的墓时，那是一个月明风清的夜晚，墓穴里却什么闪光的东西也没有，唯一架白骨骼，而脊椎骨的下部竟又有一小盘细骨，那细骨不能接连，是一块儿骨片一块儿骨片，愈来愈小，愈来愈细。

"这是尾巴骨？祖先是长有尾巴？！"

灯笼掉在穴坑里灭了，黑暗里苟旦惊骇不已，那一只手不自觉地摸到了自己的屁股。

又是一年的三月十八日，开始了石牛神社会，在三月十七日的"下马角"中，竟同时有七个人言语癫狂，举动反常，皆口称"吾马角来也"。结果七个人同时当马角，一人用铁打朴刀，六人用棍棒，保卫着纸火上了山岭。可山岭上的石牛身上，那翰林的题诗整块凿走了，大家莫不怀疑这是苟旦的作为，他是为了文物盗窃的。社会就过得冷清了许多，待纸火焚过，马角恢复常态，他们从山岭上往下走。

"这山是有多高呢？"

"谁说得清？"

"往下走着记着步子，到山下数步子就知道有多高了。"

说话的是旧队长，他步伐雀跃，叮咛二珠用步丈量。

过风楼的送纸火的人认真默数着步子，却皆在同一时刻心中作想：这事情好怪，人明明是往下走，却其实往上去，天地间有什么鬼谜儿在捉弄？

翌日的堡门顶上，白灰粉亮了那残留的标语。

第五章　瘪家沟

一

　　未必是对那一块儿地方的耻辱而羞以不公明于世呢！十五年前，这学生从那地方初到中国西部的最大一座城市去，在一所高等学府就读，教授问：名姓？他说××凹。教授对"凹"字颇感兴趣，遂问籍贯，再回答：瘪家沟。是的，天底下没有姓瘪的，它是学生家乡的土语，专用词，代表雌性生殖器的。教授惊得几乎掉了眼镜："荒唐！"说，立即将村名同"凹"字相联系，对这学生很有些大瞧不起。这学生孱弱，自那以后写其家乡时再不写"瘪家沟"三个字了。做了城市的市民，吸收文明的东西多起来，渐渐，却觉得家乡的名字起得并没有什么过错。瘪，第四声，实在，而又有别一种意味。中国的一位很厉害的皇帝武则天，她生前特意在关中平原上堆积一个女人形的坟陵，且专门有两个乳房，叫奶头山的，造成远远一望是个地平线上仰躺的女人。到了现代，以弗洛伊德理论，花朵就是草木的生殖器。而这个城市的每一家居民不都是大养特养，供于案头，插入瓶中，晨起悦目，夜来闻香吗？即就是最普通的道理，任何一个伟人，或者一个乞丐，皆不是从那一个地方来到人世的？！

128

于是，这学生在毕业之后从事了作家的职业，他在一篇速写里勇敢地描述了家乡的那块地形：

一个椭圆形的沟壑。土是暗红，长满杂树。大椭圆里又套一个小椭圆。其中又是一堵墙的土峰，光光的，红如霜叶，风风雨雨终未损耗。大的椭圆的外边，沟壑的边沿，两条人足踏出的白色的路十分显眼，路的交汇处生一古槐，槐荫宁静，如一朵云。而椭圆形的下方就是细而长的小沟生满芦苇，杂乱无章，浸一道似有似无的稀汪汪的暗水四季不干。

学生写的仅是瘳家沟一处的地形，他并没有详尽描述出瘳家沟周围的环境。瘳家沟前是胭脂河，流水缠绵，沙石为五色，且多生藻絮。沟后偏左的一座山为仙山，相传秦时住有方士，秦始皇想长生不老，派人上山寻访方士，采集仙药。当然，史书上记载，秦始皇并未老而不死，但当地人一直认为胭脂河是始皇后娘娘的洗脸水所致。而在沟口，也就在那棵古槐之下，于一片锦绣样的黄麦菅丛中盖有一庙，称瘳神庙的。

瘳神庙的香火极盛。几乎在胭脂河上下，大凡夫妻想要生儿育女，都来朝拜祈祷。又几乎跪倒在庙台尘埃里叫喊：给我生一个吧！这叫喊声异常虔诚，什么人不知鬼不觉的事也皆要明白直说。三十三年前，张家的媳妇过门不生，曾祈祷道："瘳神呀瘳神，你让我生一个吧！若说是我不会生育，可我在娘家做女儿时也曾生过一个呀！若说是我男人不能生育，可我一直并没只指靠他一个呀！"当时村中的老贯是画匠，正骑在庙梁上新描画纹，听之忍不住发笑，一下从梁上跌下来，摔瘸了一条腿。但张家的媳妇之后也果真生下一儿，后叫生林的，相貌奇丑，前崖颅后马勺的，成为村中出怪人物。

胭脂河岸上有瘳家沟，香火又不断，故这里人口十分兴旺，单瘳家沟下的村子，虽为一姓，繁衍数支，房屋住所就分前院、腰院、后院和新院四处。腰院、后院人发展极快，差不多三世共存，四世同堂，而儿儿孙孙娶妻生子后搬迁到另一处盖房筑屋，混居成堆，这就是形成的新院。前院则人口不旺，几乎要绝了根本，但值得提及的，也最为远近炫耀的是画匠老贯。算起来，老贯应是瘿家沟村所有人的爷。他是父亲的爷爷，也可能是爷爷的爷爷，以此地风俗一到爷辈就封了顶，老贯爷是全村尊封的老"先人"了。

老"先人"每每在做饭的时候，玉米面和在锅里，不住地往外泛气泡儿，他就会意到一种事体。可惜老贯没有文化，又没有走出过山地，当那个学生，后来做了作家的石顺于十五年后回到瘿家沟，说起城市的地铁出口，咕涌涌，冒出一个脑袋又一个脑袋，他就呵呵呵地大笑不止，说人到世上正好如此。但是，同样一个瘿家村，腰院、后院、新院人口兴旺，而他的后院只留下他一人，他免不得有些黯然失色，肚里当然要骂几句周寿娃了。

四十年前，烽火台的洼地里出了一户恶霸，这就是周寿娃。周寿娃瞧着瘿家沟的风水好，瘿神庙的香火红盛，就掏钱买了整个地皮，归己所有，凡烧香祈祷的人皆要出钱方能进沟。但这数年的霸占，却并没有使周寿娃大发横财，反倒在解放初受了政府的镇压，而周家大院在正月十五日夜一疙瘩天火落下焚尽了。周家的大老婆一生无育，小老婆生一女儿，这女儿后来便改嫁了老贯的侄孙。

"这全是周家带的灾！"这话老贯差不多说了几十年，所以对于自己的高龄绝口不提，以为是羞耻。看着他的村中的儿辈或孙辈的人老态龙钟，鹤发鸡皮，他慢慢也不知道自己是活着还是死了，也不知道自己与别人说话是活着的在说死人，还是死了的在说活话？

这当是后话了，不提。而瘿家沟的瘿神庙香火依然不绝，欲生儿育女的夫妻在三叩六拜地祈祷：给我生一个吧！给我生一个吧！甚至在细雨蒙蒙的清晨或黄昏，求子心切的夫妻坐卧于瘿家沟穴位中的杂乱无章的芦苇丛里，看大椭圆和小椭圆内外红腻湿漉，念叨他们家的富有和乐哉，以引诱来世者。此时天空常常打雷，豁啷啷，似乎在世者业已答应，遂也似乎使做妇人的肚腹有了沉甸甸的感觉，也似乎是闻到了瘪家沟的一种异样的气味。

二

田王庄在瘪家沟的下方，远五里。原本胭脂河的北岸西伸出一个月亮垭，东伸出一个烽火台，抱一个环状，拱瘪家沟在中央的。但月亮垭伸出的石崖短，一缩一拐，窝一个小湾子就搁下田王庄了。庄里树茂，尽是苍榆，从头至脚附生绿苔，阴森森的觉着天上的太阳没有成熟，青涩的。湾口有一堆乱石，乱得很艺术，很浪漫，常有画家去写生。乱石中扭曲着一条土路一直到沟里去，人家遂横七竖八地存在。

这是河北最偏僻最荒凉的去处，却有一座石头砌成的极古怪的房子。民国初年的时候，一个意大利人，大胡子，极度的困难和辛劳，传播天主教。当然这传教士后来死了，教堂在"文化大革命"动乱中也曾做过牛圈，圈三头犍牛，五头孺牛。这些年里，石头房子里又有了钟声。有一张画，很漂亮很温顺的女人，开始有人送给某某人，有一些人将自己的名字和指印画押在一个本儿上，便得到这张画贴在中堂。于是这画给许多男人以遐想。后来也都传说在教堂里住过的八头牛一年内死了，都患胆结石，剥了很多牛黄。牛有牛黄如同人能上天做仙一样。八头牛是到了极乐世界的。

木匠炳根来田王庄侯七奶奶家做寿棺。侯七奶奶是新院侯家的二姑。做过三天，傍晚间抱了水烟袋在火塘边吸，侯七奶奶说："炳根，你没入？"

炳根说："我不会，也就没输。"

他眯着眼睛从门道处看着对面坡上的那个山洞。洞里日夜有赌博的，输了，赢了，输输赢赢，炳根资产不行，还没有个女人，炳根发誓不染指。

侯七奶奶"沙"地笑了。

侯七奶奶说："我说，没人给你一张画吗？"

炳根为自己的误解而羞愧，说："那女人像？眼不见心不乱。月亮垭的德水有一张，夜夜跑阳，人都虚脱了。"

侯七奶奶忙画十字，说："胡说，那是圣母像！"

几天里，炳根悬在空中拉长条子大锯，就想侯七奶奶很慈祥，很可笑的。侯七奶奶是教徒，为什么老患头疼病呢？我的母亲活到七十四岁时常说："瞧，穿针都不行了，可我怎么不死了呢！"总说死的人才死不了，她活到八十二上才谢世。侯七奶奶刚刚六十一岁就忌讳说"死"了，早早要做寿棺相冲！

炳根将寿棺做到一半的日子，侯七奶奶病更重了。她捎书带信召见亲戚好友，竟想到二十二岁时曾在戏台下捏过她的脚的一个相好。八十里外来了个核桃脸老头，两个讲说了半晌话，老头就走了。侯七奶奶样子很凄凉，把她的白锡铜水烟袋要送给炳根，留一个长长久久的做纪念。教会里的先知逮了风声，来说："没事的，甚事没有的。不要吃药，中药不吃，西药也不吃。天天向耶稣祈祷病会自然消除的。"侯七奶奶日夜做祈祷。双手合掌在额前，动也不动的，炳根以为她是打盹了，有几次去扶她，侯七奶奶拿指头戳他的圆额。再祈祷就关了门。

田王庄前临着胭脂河，村中又贯穿着沟里的溪水，这时候水的节奏很明显。炳根无声地笑，笑过了，觉得几分是笑侯七奶奶的，又觉得几分或许自己笑自己。偶尔听到村人议论侯七奶奶害的癌病，真怨恨那么祈祷，不如花了全部积蓄去吃好喝好，看好外边世事。

他在村后的树林子里解手的时候，看见那个先知正从一旁过，想骂一声"骗子"，想把一泡热尿浇到那贼头顶上去。

三天后，村里来了一位城里人，带了许多糕点和一捆书，炳根原本很活泼，气盛盛的，一到那人面前就蔫了，走路都不稳。城里人是侯七奶奶的儿子。儿子查了书，说娘患的就是癌，特意买了一种药，蛇杨梅草的，好说歹说，让娘喝了。

侯七奶奶喝了药，病并未好转。先知赶来问了情况，先一脸愠怒，遂说："既已喝了药，那你进天国的时间将至了，天国已经做好了准备在迎接你了！"城里的儿子听罢勃然而怒，举手要打先知，侯七奶奶抱住了他，一直把先知送到教堂。返回，儿子却昏厥在门口。

是柄根掐了儿子的鼻根，使儿子和炳根惊骇的是侯七奶奶从外边进来，气色非常的好，刚才以前还卧床不起，这是怎么走出，又怎么走回来的?

儿子说："娘，你是好了? "

侯七奶奶说："我是什么地方也不疼痛了。"

儿子说："这就证明'先知'尽胡说了！"

侯七奶奶说："我还有五天，我就进天国了。"

第一天，炳根将寿棺装钉成。第二天，炳根雕了前挡头上的"福"字。第三天，炳根刻了小挡头上的花饰。第四天，炳根用生漆涂染。四天里，侯七奶奶一直守着炳根干活，说趣话，说到做女儿时的情境，也说到那个核桃脸老头。

她说："他是老了，不中看了，年轻时他会敲腰鼓，那鼓点稠的呀……"

第五天早上，炳根起来上茅房，院子里坐着一个新鲜人。是侯七奶奶，穿着了早预备好的寿衣，洗头洗脚哩。

侯七奶奶说："炳根? 今日不会阴云吧? "

炳根说："昨夜儿我瞧天四脚高悬……"

侯七奶奶说："会出太阳的，五个太阳。"

炳根就糊涂了。侯七奶奶就又对正起床的儿子说："你有表，现在是几点，娘中午十二点要走的。"

炳根蹲在茅房哧哧笑，认定侯七奶奶又说趣话了。

这一日，天气果然很好，到了十一点，突然当空布一片云，即刻朗朗乾坤，光明灿烂。侯七奶奶说："天门已经给我打开了。"笑笑地，几分舒坦。十二点，院子里极红，炳根跑出来看见天上果真绕着太阳出现四个光环，互相接连，遂两道红光十字射开，每个光环中有四个亮点，大而红如太阳。

炳根喊城里的儿子："稀罕啊，五个太阳！"

两个欢呼了一阵，忽想起什么来，进屋视时，侯七奶奶已经睡在了寿棺里。睡着，没有了气息，面部慈祥、平和，充满了幸福。

炳根领了工钱离开了侯家，回到瘪家沟后，一番打听，主动去讨要了一张女人画，虽然这画使他好长日子里心不守舍，身子已很虚弱。

三

省城出版社的编辑陈某，一日下班时，收到寄来的一份书稿，顺手丢在小山似的稿件堆里。正起身要走，偶然瞥见那稿上附有一信，仅三行："寄上拙稿《我的故乡》，因身患癌症，盼能尽快审阅。"陈便心想：一个行将去世的人，还著书立说？觉得好奇，顺手翻开一页，不觉移近书案，慢慢将身坐下，竟读得如痴如醉。晚上九点二十分，家人寻到编辑部，见他正手捧书稿侧在椅上，看得入神，问："你还回家不回家？！"不答。再问："还吃饭不吃饭？"答说："谁没吃饭？"家人摇头苦笑："魂儿又被勾去了！"陈方醒悟，却笑而不答，又抱书稿去敲总编家门，要求连夜复审，说："此人朝不保夕，此书可长存于世啊！"

复审后，需做局部小改，陈便于次日去本城此作者的单位。单位领导说："他病已不可医治，十天前未婚妻送着返回原籍了。"陈又按地址搭车去了瘪家沟。瘪家沟正值雨夜，陈将书稿藏在怀里，猫腰寻到腰院，则见此家锁门闭户，问及邻人，答说："石夫？瘪家沟村没有个叫石夫的，你是找错人了！"陈某疑惑不解，说："他明明是胭脂河瘪家沟人，怎么能没有？！"旁边一小学生，是后院茂林的儿子，说："我知道，石夫就是石顺。"邻人说："是石顺呀，你问的是石顺呀！他怎么又叫石夫？！"陈某方明白石夫是石顺的笔名，再问时，邻人则潸然泪下，说："病危，昨日送到镇医院去了，怕已不在人世了。"陈大惊，让茂林儿子引着，脚高步低又寻到镇医院，石夫病已到晚期，其身长不足五尺，体重不过六十，面色青黑，身瘦失形，卧床不能起坐了。两人相识，互道"相见恨晚"！旁有一女子说："陈老师，石夫今日昏迷不醒，口里却叫我去买茶来，说是有客要到。没想你果然就来了！"陈某看那女子，体态丰盈，满面愁云，猜知是石夫的未婚妻了。遂问石夫昏迷中怎知我要来，石夫却全然不记得昏迷中说了些什么。后，石夫伏床改稿，但力不能及，每写一字，需一分钟，手抖不已。陈便说："我替你改，改一句，念给你听，同意的点头，不同意的你用嘴说。"如此改过五更。医生、护士无不为之感动，握住陈手说："石夫真是奇人，病成这个样子，犹念念不忘他的书稿。是你拯救了他，我们也真要感谢你了！"天明，陈回省城，临走时说："我回去，稿子立即以急件编发，很快就能印出校样，你多保重！"石夫笑道："我不会死的，我还未见到铅字啊！"

　　陈走后，石夫病急剧恶化，疼痛难忍，滴水不咽。医生已经无奈，预料存世之日不过一两天。未婚妻已含泪去购置棺木和葬衣了。但五天过去，终未瞑目。又过五天，疼痛尤烈，任何针药无济于事，满床翻滚，只好用被单扭成绳将手足缚在床上。医生皆惊诧：此人生命力如此顽强！但眼见得日夜折磨，不忍卒看，夜里只留未婚妻在床边候守。子时，豆点油灯，昏昏欲灭，窗外风起，萧萧森然，未婚妻见石夫已失原形，哽咽泣哭，遂俯近相吻，减轻疼痛。石夫虽不呻吟，手却用劲将被褥戳成十个窟窿。女说："石夫，活着你太难过，你还是闭眼去吧。我看着你去吧。"石夫不语，眼睛大如环。

到了第二十一天，忽有省城邮包至，未婚妻拆开，《我的故乡》校样，遂大叫："灵丹妙药来了！"果然，石夫倚床而坐，让人扶着，将校样一一看过，神情安静，气色盈和。末了，满把握笔，签上"石夫"二字，忽然仰身大笑："我无愧矣！"随声气绝。

消息传到省城，陈正整理稿件，便以笔作香，伏案痛哭失声，又二十日，样书印出，陈携书再到瘗家沟，在石夫坟上以书做纸钱焚之，纸灰浮空，翩翩如蝴蝶，无一片落地，时正值石夫"三七"忌日。此后陈更热心编辑，手书"以文章会朋友，举事业为性命"于案头，做座右铭。

未婚妻姓杨名珺，省城北郊人。下葬石夫那日，一身白孝，扶棺哭丧，将自己一彩色小照与石夫的照片，相对合拢，放入棺内。后，返城嫁一姓石男人，年年清明偕夫带《我的故乡》十本来瘗家沟为石夫扫墓。一年，清明好雨，山桃灼灼，夫妇搭船顺胭脂河而下，行至瘗家沟前，忽见水面一片红云，静目，则是一堆山桃花瓣，瓣瓣相接，绕一花环。丈夫觉得奇异，指与杨珺，杨珺大叫"石夫！"昏厥不醒。丈夫忙掐人中，杨苏醒，说是看见石夫躺在花环上正读《我的故乡》。两人再看时，并没有石夫，那花环也荡然无存了。

四

后院原住有兄弟三人。先，父业农，略认文字，小筑三椽，颇有幽趣。后来前院、腰院相继屋舍堂皇，也费尽全力将院落扩大，堂房六间，厦屋四间，头道楼门，二道楼门。父一死，兄弟三人分家另灶。老大严肃，老二有些痴呆，一派忠厚。唯老三风度超逸，好出门做生意。一年，时当长夏，贩火纸到南阳，于船上见一女长眉入鬓，双眸炯炯，不觉心魄摇曳。那女子却并不避，反回首嫣然一笑。由是三十里水路两人目挑眉语，上岸后遂成野合鸳鸯。半月之后，并没有贩回火纸，却将一胜于艳雪的女子领回瘪家沟。老大瞧这女子，不是度家过日之人，反对成婚，于是兄弟二人意见不合，结下怨恨。那女的又枕边唆使，以致妯娌吵骂，鸡犬不宁。父的坟宅在老三所分的田地里，老大一心想把自己的墓拱在父坟之旁，老三拒不同意，兄弟自此仇恨更深，见面不复言语。再后，老三再往南阳从商，被一伙土匪抓去，说是拐走了土匪头的小老婆，用铡刀拦腰斩断。老三上身和下身分离之后，心脏并未停止跳动，手蘸着鲜血在地上写道："惨！惨！惨！"遂命绝。消息传到瘪家沟，后院一片惊慌，时那女子身怀有孕，哭号不止，老大老二只顾派人去南阳搬尸，在家做棺修墓。待尸首搬回，却不见了那怀孕女子，第三日从南山来了一姓刘人家，出示契子，说是那女子将房舍卖与他了。老大老二叫苦不迭，四处寻找那女子，终不见影，骂道："我后院硬是让这狐狸精毁了！"自此后辈男儿再不找外地妻子。

　　刘家搬进后院后，三家关系平平，说不上好，也说不上不好。天长日久，老三的事渐渐忘却，忘却不了的是那老三的遗腹子，张家的血肉，不知是死是活，今在何处。

　　几十年过去了，也就在画匠老贯一百零一岁的那天，瘪家沟收到了一封来信。信是从××省发来的，写信人是省委的一个副书记，说他人到老年，寻根溯源，他是瘪家沟后院张老三的儿子。后院的老人皆已作古，活着的张、刘数家似乎不记得有个老三的上辈人，大觉疑惑。遂持信去问寿星老贯，老贯突然拍手大叫，忆起当年的一幕，不禁感叹："人生说不得的，说不得的，老三的遗腹子竟做官人了！"

　　既然瘪家沟出了一位大官人，后院张家岂有不认之理，甚至瘪家沟村所有的人都觉得脸面光大，演义起过往的故事，他们传说着官人的父亲如何相貌堂堂，官人的母亲又如何艳若仙人，龙凤相配，必生贵子；瘪家沟村便派两男一女去××省视亲，回来都衣着新鲜，说省府的门口有卫兵站岗，凡人不能进入；说官人的厕所，地洁如镜，坐着可以拉粪，遗憾的是他们拉不下来，还得蹲上去才行；说官人安排他们睡的房间，地上也铺的毡，不理解的是那床太软，睡着腰疼，后来还是睡在地毡上。村人问起他怎么就做了官人，回答说：他说了，他小小就参加了革命，当过县长，当过专员，他娘"文化革命"前一年死的，死时还念叨没回到咱瘪家沟一趟。

瘪家沟村人修复了张老三的坟茔，四周栽了干枝柏树。

又二年，官人由××省上任到本省，负了这个省的主要责任。瘪家沟第一次接待了远距八十里外县城的书记。书记很有魄力，当场说定新编的县志一定要记载瘪家沟的山势地形、人物风俗，且又参观了张老三的坟陵，指示要竖一碑子，隶书勒刻"张老三先生之墓"。

此后，省城拨下专款，瘪家沟前的胭脂河开始了筑堤砌坝工程，河面缩窄，新造出了三百亩水田。瘪家沟的地理好，水稻获得丰收。县上又在沟根兴建起驴场，培育高脚牲口，出奇的是这牲口体大膘肥，远近的驴马皆来配种。后院的张德仁任的是驴场场长。

这一年，官人来信，希望家乡能有一个女孩儿来家当保姆。瘪家沟村人寻思：能到官人家里去，也是攀高枝儿享福的。古语讲：相府的丫环七品官。官人虽不是丞相，但若在古时，也称得一路诸侯，故细细审查，派去新院一女孩儿叫西贝的。

西贝年方十六，生得细皮白肉，小巧玲珑，手脚利索，眼里有活，到了省城，才知道官人是个精瘦如柴的大矮老头，不禁"呀"了一声。官人问：呀什么，莫非没见过这种场面？遂将身边的工作人员挥手而去，和蔼问长问短。西贝点头，心里却想：原以为官人又高又胖，满面红光，却这般平凡，若在乡下，该是个糟老汉哩！

官人家里已有厨师，西贝的任务只是洗洗衣服、打扫房子罢了。事情单调，她也常下厨帮师傅洗菜刷碗，就知道了官人夜间最喜欢喝汤。汤是第二锅面条的汤。那面条就作废了，先是师傅和西贝吃，吃不了就倒了，西贝很有些可惜。几乎是一种规律。每星期日家里要吃一种肉菜，形状像牛肉，但又不像牛肉，切出的肉片儿中间皆有一个窟窿的。西贝不知那是什么菜，在厨房问师傅，师傅说："是驴圣菜。"

后来西贝才知道，这圣菜是他们县每星期派人送来的，张德仁的驴场专门保障供给的。

一个夏天，官人总要住到城郊外的一座招待所去。官人去，也要西贝去，西贝喜欢那个地方，有成片的竹，竹丛绿中，衣服皆作碧色。招待所的另一座小楼上，住几个女人，弹唱歌舞，西贝一心想去看看，官人叮咛不能去。于是，几个月明清朗的晚上，她只是静静地坐在小楼的远处往那边瞧。这一夜，楼窗哑然四辟，有女斜倚阑干，手支双腮若有所思，样子很美，似乎又很忧伤。

也就在这一夜，官人突然被人从小楼上抬下来，患了一种瘫病，且不能言语。这病使西贝吓哭了，嘤嘤直哭。回到官人家，夫人问了情况，打了她一个耳光。西贝觉得自己该打，没能照顾好官人，是失职，要回瘿家沟村去。夫人却又替她擦了眼泪，让她还留下来。

官人住了好长时间的院，虽保全了性命，却依然瘫傻，口里流一种涎液。西贝天天用缸子接那涎液。之后，四处找名医名药，皆不能治，瘿家沟村的代表也来探视了，偶尔提及瘿家沟后的仙山上有一寺院，寺院里一位道士会气功，治过许多疑难杂病，不妨试治试治。这道士便被专车送来，竟两年住在官人家。

道士相貌奇古，却气宇清明，每日发功治病时，室内要空静无人，运气半晌，忽长啸一声，距官人数尺远，推，挪，勾，引。官人就呼吸平和，心明目亮。功罢，道士则大汗淋淋，身软如泥，然后让西贝端出好多吃食，狼吞虎咽。

官人气色好转，就又投入繁忙的工作，参加各种会议，要念很长的报告。当他得知现在社会上服务行业的服务质量下降，便一定要到火车站，在列车上为旅客送茶水。当然，省府的工作人员得知大官人要去列车上服务，他们做了许多安排，比如戒严车站，以防坏人行刺；比如电视台派摄像师来录像；比如报社的记者来采写新闻。这么一大天的折腾，官人病又复发了。道士又作功了数日。官人稍能活动了，却突然极怀念起他的故乡，他在病房里指示：拨一批专款采买树种，让飞机在胭脂河一带飞播。大官人有这么多劳心之事，病便时有反复。道士说："原本一个疗程，可以使身体恢复半月，如果这样下去，那只能维持一星期的。"官人说："我能为人民服务啊！"于是，病情加重，他就静静地躺在床上接受治疗，病一减轻，就要布置和安排许多工作：要让城市文明起来，用白涂料粉刷所有街面上的墙壁，用绿染檐头，用墨刷门；要选定中国槐为城树，将××街道两旁的法桐一律砍掉，栽槐植槐；××县的大型水库要竖纪念碑，他亲自写碑文；××县要建成一座七层图书馆，省府拨款去购置一批书籍，他来题词。甚至他有一个宏大的心愿，要将瘘家沟一带建设成全省重点的游览区。这样，道士就不能再走，治疗也不可停歇，七日一次，三日一次，一日一次，无穷尽地疗治下去。

一年零八个月，道士没能回仙山寺院去，西贝也没有回瘘家沟看过父母。中秋节，接到一信，说西贝的奶奶病危，西贝回瘘家沟住了三月半。眼看到了年底，西贝想起官人，欲想重返省城，才要到胭脂河渡口寻便船，上游处呀呀地划下一个排子，有人叫道："道士回来了！"等排靠岸，西贝急要问官人病情如何，但见道士无声无息僵硬躺在一张床上，瞎眼斜嘴，皮包骨头，原来运回的是道士的尸体。

西贝大吃一惊，问："道士怎么死了！死了怎么会这般可怕？！"

运尸人说："他是把元气失尽了，死在官人床下的。"

西贝忙问："那官人治好了？"

回答说："道士死的第二天，官人也就死了。"

西贝再没有去省城。随后，张德仁的驴场经费亏缺，不久便解散了。

五

瘪家沟有个规矩，凡招呼人就得称官衔；张德仁是驴场场长，见面便是"张场长"。支书，队长，会计，出纳，保管……人几乎要忘了他们的真名。实在没有官衔的，想法儿加上。李茂林是记工员，人称李记工，张二马秋麦二料曾昼夜在大场上看守粮食，人称张看场。牛十一负责过队里分粮时看大秤，他便一直称作"牛过秤"的。

牛过秤很欣慰这个称号，试问，人以食为本，一村上百口人，粮食是经谁的手分到各家各户的？所以，这称号听惯了，间或谁叫他牛十一，脸就封黑，理会也不作理会。

人当面尊称牛过秤，背过身却骂将他"牛势利"。他身瘦体长，上唇短，下唇长，相面书上论定长下唇是会舔溜肥屁股的，且生就舌头长，吃罢饭，长舌伸出四下一转，不用擦嘴，又喜欢舔吃过饭的碗，人又骂他"牛舌头"。议论说，他在过秤时，逢着干部家，秤撅得高，逢着没头没脸面的人，秤是老牛喝水。这咒骂声，牛过秤多少是听到了，先是并不以为然，后在省城里的那位大官人逝世了，方心寒起来。大官人是什么人物，顶天立地的，可死后，村人开始说大官人生前讲究吃驴圣，吃一只驴圣宰一头驴，且一星期吃一条！是驴在阴间里向阎王告状哩，故，阎王将大官人叫去了，阎王也惩罚场长张德仁的老婆尽生女孩，如何在瘪神庙里祈祷要个男孩，生下来还是女孩儿的。话说得很难听，牛过秤就寻思：自己一旦死后，村人是怎么评价的？雁过留声，人过可是要留名的，听说大官人将死之前，指示秘书写了追悼词，一个字一个字念给他听了，才闭目死的。当然瘪家沟人死了不会开追悼会，可他死后，给他治丧的有多少人，怎样提说他，怎样写铭旌、写祭文……牛过秤心里慌慌的。

一日，闷坐在家喝一壶烧酒，门外吵声价天，出来看时，一群孩子正在他家的牛粪堆上玩"争老爷台"，一批批攻上去，一批批被击溃下来，全用着拟作的手枪，"叭"地口舌一响，相应就倒下一个对方。对方倒下时觉得很痛苦，浑身发硬，又如电影中的慢镜头，倒下去的就算死了，活着的人骑在他们身上，死尸就爬动着，身上的还要叫："爬好，你这牛马！"看样子死去的都又变了牲口。牛过秤想：人恐怕是活着都不想死，死了的即使变牛变马也想再活。随之又想，自己将来若能做了牛马活着，听听反映也好。但能不能做牛做马活着，牛过秤不敢保票，遂在小木楼上翻寻爹留下来的阴阳书，一心想学到爹那一手。

爹是非凡的人，同寿星老贯是同辈，但年龄比老贯小，会仰观天象，俯察地理，画符念咒，精明奇特一辈子。他死前选好坟穴在瘭家沟东边的月亮垭上，墓楼修得很体面。死了十三年后，也就是到了张老三横死，房子卖给了南山姓刘的一家的第三年，这姓刘的，即木匠炳根的爷爷，赌徒，又善盗墓，赌输了盗牛过秤爹的墓。棺木打开，冲一股白气，人已化为泥土，白历历一副骨架，而狰狞的头骨上有一块儿白绢，上书道："× 年 × 月 × 日夜盗我墓者亡！"炳根爷不看则已，一看大惊，掐算日子，此日正与绢布上的日期投合，不觉魂飞魄散，当下吓死在墓穴里。

牛过秤毕竟不如爹有才气，他看不懂书上的话，忧愁熬煎，果然就病倒了。这一病，汤水不进，不屙不尿，第三日气息竟无，呜呼哀哉。时值子夜，家人起了哭声，村人纷纷起来，见面皆说："牛过秤倒头了！"三个孩子还未真正成人，哭叫着分头去众亲广戚发丧，见人就磕头。有男人就去帮设灵堂，卸门扇支寿床，几家女人开始烧艾叶水为其净身漱口，剃头刮须。漆油灯碗燃起指粗的两根芯子。

天明，灵堂下铺了厚厚的一层麦草，孝子们坐在那里长哭，用铜钱打过的麻纸一沓一沓地烧，烧得满屋空气烫灼灼的。院子里，木匠开始打制棺材，打墓的帮工一会儿跑回来取石灰，一会儿跑回来说砖瓦不够了，牛过秤的老婆就一边长声长调地哭，一边到楼板缝里摸出钱夹来点钱让去购买。院子里的"响器"开场，其律哀婉，听之催人泪下，院子角的一张八仙桌上，一戴镜先生蘸金粉在丈二丝绢上书写铭旌。写一句，念一句，征询众人意见，尽是古言古语："绍祖宗一脉真传克勤克俭，教子孙两行正路唯读唯耕。""心作良田百世耕之不尽，善为至宝一生用而有余。""落花流水渺然去，白云青天不再来。"旁边人说："这词太文太古了，我们没什么文墨，牛过秤也文墨不深，你这么写谁晓得什么？"先生就驻笔，说："那乡邻说说，说说他一生的功德。"一人说："他生前是过秤的，谁吃的粮也经他的手，写上他为人忠厚，有公无私，过秤准确，以后每一年分粮就会念起他了。"一人说："他过秤真个准确？是有公无私吗？"立即有人反对："罢了，人已死了，怪可怜的，还提那些干啥？没他人了，想着也难受，他毕竟辛苦一生，是个好人，愿他坤德不朽！"

这边书写铭旌的议论，被牛过秤的老婆听在耳中，不禁勾起诸多心思，泪水肆流，大骂丈夫死得早，还不到该死的时候。"你去了，撇下我母子不管了，这个家怎么支撑呀！你哪怕患重病，就是痴了，傻了，我给你端吃端喝，接屎接尿，可我也算有个主心骨呀！你今不在，我再刚强毕竟是没主儿的女人啊！"娘一哭，儿子哭得更惨，娘就让儿子多烧纸，说丈夫在阴间多有钱花，多享阴福。三个儿子将纸全烧了，又打发人去购买。主持的人见状，也大受感动，将三个儿子叫到一边，说："你们都是孝子，如今你爹死了，你们就成了大人，恐怕不久便要分家另灶，趁今日说定：头七，二七，三七，你们集体为老人过事，到了周年、二周年、三周年，就得各人筹办一次，你们有什么意见？"三个儿子说："这没意见，只是过周年，二周年，三周年时要写祭文，我们都不会写，趁先生今日在，你去说说，能否今日一并先替我们写好了。"主持人说："这不难。"遂去请求先生，先生也写了三张，开首都是"维公元一九××年岁次×× 不孝之男×× 谨以蜡烛之明，香烟之绕，酒浆之奠，纸钱之化，制祭于恩父之灵前曰：……"

其时，牛过秤的魂灵并未走远，他在冥冥之中，看见阴路漫漫，小鬼往来穿梭，全是拿了他家的阴钱，前为寻导，后为拥簇。而家人哭声喊声化为一种韶乐，绕耳而过，飘然远方，甚感欣慰，顿消寂寞。接着，一鬼手捧了铭旌、祭文匆匆走过，边走边看边说："写得好，写得好！"牛过秤看时，此鬼正是瘟家沟的前贫协主席，他已死十年，没想在阴间还任了这等职务，便充胆叫道："主席，你认识我吗？"那鬼说："认识，你过秤老给我称得多。"牛过秤说："你能让我看看那铭旌吗？"鬼将铭旌交付他看了，不看则已，看罢泪水流下，说道："我牛过秤一生没有白活人啊！村人对我评价这么高，老婆儿子对我如此不舍。这些我以前竟不作理会啊！看来，活人还是有乐趣哩！"那鬼说："你既然来了，就不必说活人的话，阎王知道可是了不得的。"推牛过秤走，牛过秤迟迟疑疑，作难半晌道："主席，你既是记得我，你是不是行个好，让我再去活人？"鬼说："这怎么行，我敢担这个风险吗？"牛过秤说："你能让我活人，这些阴钱就全归你。"鬼沉吟半天，瞧瞧左右，说："瞧在你面子上吧。我把这钱一半给无常，托他重去勾一个冒名顶替的。"遂猛地在牛过秤的背上推了一掌。

村人正为牛过秤入殓，才将他盛入棺内要上盖，他突然身子抽动了一下。村人以为是诈尸，慌忙闪开，再看时，他竟窸窸窣窣爬坐起来，才醒悟牛过秤是阴里转阳又活过来了。

牛过秤重新活人之后，胭脂河岸传为奇话，每远远看见他走过来，有人就指点讲说。牛过秤知道他死后村人对他评价不低，愈觉得当年执秤时良心有愧，就竭力在重生之后，要多做善事，以赎罪恶。他常常起得十分早，用扫帚扫净村巷的垃圾，修补田间的便道。而镇上逢集过会，他也去做小买卖的铺前，帮经营张罗。但他若一拿那秤杆，顾客便嚷："你不要过秤，你会在秤上捣鬼的！"窘得他满脸赤红。且后来得知有人指点他，总是作践道："就是他，过秤上造了孽，人见不得，鬼也见不得，死都死得不直截了当！"牛过秤就深感悲哀。心里有火，在家就发脾气，脾气发得多了，老婆嫌，儿子也嫌，斗开嘴，老婆不免说起上次他是装死，倒害得她花了那么多钱！牛过秤仰天长叹：人原来活得这般不舒心，真还不如上次死了倒好！就说："恨吧，恨吧，我死了就不恨了！"便当着老婆儿子面搭绳在梁上去吊。自然被救下来。自后，他就以死威胁，动不动就要上吊。如此这般折腾得多了，就习以为常，一日在外又受了指点，回家与老婆又吵，就去上吊，老婆以为他又在威胁，就拿了鞋底坐在院中捶布石上说："你上吊吧，我是怕你上吊？"偏不回屋。牛过秤脖子套在绳环后，蹬了凳子，只说老婆会来救的，但老婆没有来，待到要喊叫时，已经喊叫不出来了。

牛过秤弄假成真，果真彻底死了。他将绳索没有套好，舌头原本长，就全吐伸出来，死相凶恶。

六

三十三年前，张家媳妇在瘟神庙祈祷，因为一句很坦白又很有趣的话使老贯从庙梁上跌下瘸了腿，很在村里要说了一个时期，但这媳妇毕竟生下个男儿来。到了乙丑年间，这媳妇业已老死，男儿张生林已长大成人，娶烽火台村陆家小女为妻，生育一女，聪颖乖巧。原本这是一户极平和之家。张生林分到二亩责任田后，日起上山劳作，夕晚回家睡觉。饭虽然粗淡，但饱肠饱肚，妻虽然丑陋，但铺床暖脚。生林没有嗜好，不酗酒，不赌钱，喜欢抽烟，专辟二分地栽植烟草，老婆便把烟叶晾干，晒焦，揉了末子，还拌上香油。不想这一年村里许多人出外跑生意，赚了好多钱，生林眼也热了，他寻思跑生意没有资本，却见外地来人喜欢收购桐树苗子，就在半亩地上种桐树。桐树长到一握粗，卖了好价，很是刺激了一番，就又谋算在一亩地里育葡萄苗。结果，深翻土地时，竟又挖了几百斤桐树根，灵机一动，全截成一尺长短，出售桐树种根，又落了二百元。第二年出售葡萄苗，县城来了车，一并包买，再收入一千二百元。以后三年，如此育种果苗，倒发了大财，张生林就再不种烟草，开始抽一角钱一包的"羊群"香烟。在村口碰着张德仁，说："张场长，到家坐吧！"

张德仁说："忙哩，改日吧。"

张生林说："那吃根烟吧！"

张德仁问："什么烟？"

张生林将"羊群"烟盒亮亮，抽出一根，说："香烟！"张德仁接烟看了，说："兄弟，发财了还抽这烟？吃我的一根吧！"丢过来的是"金丝猴"。

"金丝猴"香烟一包六角五分。张生林脸很红，自惭形秽。自此，更加努力，将果树苗所赚的钱全部带在身上，去省城做生意。张生林到底是张生林，一肚子聪明，一旦挖掘出来，精明得全不像个乡下人。他先在一家建筑工地帮小工，后硬是打听找到石夫生前的那个未婚妻杨珺，杨珺念其是石夫的乡亲，介绍他去一家书画店去推销书刊。此时社会正兴流行歌曲，他带有一本流行歌曲汇编，竟一下子售出十万册，分红了一笔相当可观的票子。张生林从省城回来时，他是穿了皮鞋的，在县城又买了一辆自行车骑着回瘪家沟的。虽然从胭脂河渡口到瘪家沟村路骑不成车，车骑在他肩上，村里人都跑出来看稀罕。

晚上，有许多人来，老婆烧了开水让喝，生林说："白开水怎么喝？我提包里有茶！"老婆从柜里取了"羊群"烟一根一根给来客散，生林说："那烟烧嘴，抽这个吧！"拿出的是"金丝猴"，还带着海绵嘴儿。

张生林在家待了一月，一月里只和老婆到一块儿有五次，他觉得老婆脸太黑，头发总粘在头皮上，走路不会走一条线，叹息：咱山里，女子是墩墩，婆娘是黑黑，核桃是格格，柿子是涩涩。老婆说："就我这黑黑，你那阵三番五次托人说情娶下的，你那时眼瞎了？你一走几个月，回来不睡一个枕头，我是给你守活寡啊？！"生林夜里就到老婆那一头去，却将一本流行歌曲的封面贴在枕头后的墙上。封面上是十二个美如艳雪的女歌星。

张生林一月后又去了省城，一去半年，再回来就将老婆离了婚，重结婚的是给大官人做过保姆的西贝。大官人死后，西贝回了瘪家沟，现已二十岁。因在大官人家做过保姆，经见了世面，养得心比天高，好多媒人说亲皆未同意。生林托人求婚时，寻思年纪相差大是大些，但此角色出怪，混得已不像个农民，就应允了。一个是过来的男人，一个是有经见的女子，婚后两人床上功夫颇高，如鱼戏水，畅美无比。蜜月罢，西贝闭经，呕吐思酸，肚里开始有了胎儿，生林就又进了省城。又是数月，捎回几百元，西贝将钱交付西王庄建筑队，新盖了一院房子，待生林回来，两口就搬进去，大摆席筵，欢庆了一番。接着，西贝坐月，生林就没有再往省城里去。

画匠老贯已经多年不作画了，闲得无聊，就到这家来坐，听生林说外边世事。久而久之，村里的老少都来，生林家成了穷聊点。聊得夜深，西贝和孩子上炕去睡了，生林越发将一说二，将二说四，讲得一口白沫，讲说到最后，却长叹数声，情绪甚为低落。

听讲的人说："生林，你有什么不如意的，住的新瓦房，睡是花一样的西贝，又得一子，又见了世面，又发了财，你还叹什么息？"

生林说："我比你们谁心里都难过呢！"

听讲的人说："心里还难过？"觉得生林说笑话。

生林说："我现在才理会了林彪当年为什么要害毛主席。那时批判，咱还文化浅，听文件上说林彪披着马列主义和毛泽东思想的外衣，就发言说：林彪太不像话，他官那么大，什么没有，还要偷马列和毛主席的衣服穿？"

大家都笑起来，笑着那一阵荒唐。

生林说："我现在日子过得是不错了，可到省城看看，咱活得还不是人呢！人家吃什么烟？都是'三五牌'，一根就值二三角钱的。人家的老婆是什么样？现在讲究线条，风度！乡里的女子长得再好，可一到城里，你会一眼看出是个乡下人，那味儿不同哩！"

听讲的人并没有引起反应，他们还达不到张生林的层次，只是那么笑

147

笑，说："生林心是没底洞啊！"

冬天里，张生林在县城开办了一家杂货店，买卖兴隆。他将西贝母子接来住了几日，就又送回瘘家沟村去，只自个在那儿守店。店旁边住有一户工人，夫妇皆南方人，那女人个头不高，皮肉却十分细腻，眼睛细细的，似乎还向下弯。生林看惯了西贝的大眼睛，便见这细小眼睛更有味。这女人到店里来买东西，次数多了，靠在柜台上同生林说话。问："生林，你这么有钱，老婆一定漂亮哩！"生林说："瞧我这丑样，漂亮的女人谁看得上！"女人说："你是前崖颅后马勺的，可女人眼里的男人是论本事的。"生林说："我有本事？"女人说："你是深山的鹰鹞！"生林给了她许多洗衣粉、洗头膏，把钱记账着。

记得账多了，女人没有还，生林也没有要。一日女人来说："生林，晚上有空来家看电视呀！"生林去了，那丈夫并没在家，女人说："电视也没甚看的，你会跳舞吗？"生林遗憾自己不会跳舞，那女人就自跳起来。这一跳，城里女人的风度就跳出来了，他前一个老婆没有这点，西贝也没有这点。生林看得呆呆的。

这一夜，生林没有回杂货店里。他将女人欠款的账一笔勾销。多少天里，他感到一种胜利的愉快，这愉快犹如他与西贝结婚时的情绪。但是，之后他就是更加地痛苦。在和西贝结婚后，他知道仅仅是一个农村女人代替了一个农村女人，而现在第一次享受了一个城市女人，而县城的女人这么多，何况省城的，他感到自己太可怜。

生林渐渐不愿回到瘘家沟去，他又相好上了另一个县城的女护士，就在一个中午急急在女护士的宿舍里交乐的时候，他听到了门外有一声咳嗽，极像女护士的那个丈夫，他慌忙起身就走。虽然那并不是女护士的丈夫，声音是走廊中一个无意人的无意咳嗽，但生林回来就病倒了。此病延续了半年，转为肝部硬化，当他拿到化验证明单后，他一下子瘫软了。他极度地怕死，将杂货店撤回后，整日唠叨他要死了，死了，就不耐烦，骂西贝，骂儿子，骂瘪家沟的人，也骂城市里的人，要吃好的。

七月十五日起，张生林突然安静下来，其时已经腹水，他对西贝说："死就死吧，我总算享过福了！死有什么怕的？我不在乎，我对死看淡了！"他要求西贝能领他到省城去，他还没有坐过飞机，他想像鸟儿一样在空中飞飞。西贝答应了他，开始变卖那些货物，筹集巨款。但是，生林的病转入疼痛期，昼夜呻吟。他忍受不了，喝了安眠药自杀了。

张生林到底没有坐上飞机。

七

寿星老贯无后。其弟有个独儿，独儿生子独孙，独孙又生下独曾孙，正应了三代传一。且这一支人的寿命极短，孙子手里先生了三个孩子，胖乎乎的惹人心疼，却一生下来叫几声就死了。作家石夫曾经在《我的故乡》一书中写过这件事，感叹说：生的层次导致自我超越，死的层次导致自我丧失，每一次生的超越都向死的层次逼近。石夫的文墨深，可以这般说，但连他也不明白既然一生下来就死，何必苦苦酝酿十个月到人世呢？村人解释：这是谎花。哪条瓜蔓上不开几个谎花呢？这一支人是单传，循环得快，生者顶着死者，孩子一生下来，做娘的就死。寿星老贯总觉得这其中有蹊跷，在侄孙媳妇，即周寿娃那个小老婆，生下三子未成后，便发现前院的屋顶上居住了一窝大蝎子，黑黄焦亮，凶相毕露，且发现母蝎怀孕后，背自裂，子生出，子爬下背就将其母嚼食。老贯认为这是蝎精所致，遂购买三斤重的大白公鸡，放在屋顶灭了祸害，后果然家宅平安，侄孙媳妇再生第四子时，安然无恙，而侄孙媳妇活了十五年后方死。这后代为鸡所救，起名鸡保。鸡保却是个傻子。

傻子长大，父母就过了世，老贯一直抚养。但傻子到二十四岁上依旧

149

娶不上媳妇。新院有一赵家，穷，其父死时，没钱埋葬，老贯将自己备用的一具棺木借去用了。这赵家感激涕零，却无力偿还，后就将女儿赵玫许嫁于傻子。赵玫读过小学，与田王庄的田大京是同学，关系友好，但拗不过爹娘，哭了三天三夜，还是应允嫁了傻子。娘说："鸡保是欠些成色，可家底好。听人说，患傻病的人一结婚就好了的。"赵玫盼望娘的话灵验。

婚后，傻子还是傻子，竟傻到不会安排赵玫。赵玫当然不是为那事要求强烈的人，可夫妻不像夫妻，赵玫夜里常咬着被角哭。老贯看出了问题，托茂林娘去开导。

自后，鸡保懂得了事体，尝到了美妙，却不管黑天白日，一有空就缠着赵玫。赵玫原先恨他不懂，如今又恨他没够数，伤心透顶，趴在炕上尽是哭。哭过了她就想田大京。想得厉害了就跑到县城去找田大京。田大京已当了工人，在县建筑公司，盖四层楼、六层楼。她给大京哭，大京也陪她哭。哭罢心里舒坦了，她又回到瘘家沟村。

一日，瘘家沟过瘘神庙会，人一溜带串的，赵玫引了鸡保也去庙上烧香，鸡保突然冲动，嚷道要雀儿进窝，赵玫粉脸羞红，不言一声和他返回，一进院关了门，劈手就打了鸡保一耳光。鸡保打人却是无师自通，当下起怒，一脚踹在赵玫心胸，当下就吐了一口血。夜里，天转阴，晒在屋顶瓦槽上的红苔干儿要收拾，赵玫让鸡保上去，鸡保在上边收拾好了，要下梯子，赵玫在下用脚蹬了梯子一下，鸡保就跌下来，正好头朝下跌在台阶上，脑袋就裂了，五颜六色的脑浆喷了一地。

鸡保一死，村人叹息了几声，说这一支人阳寿都短，也就不追究死因，草草埋葬罢了。赵玫又惊又怕，之后暗暗有一种喜。一月后，她就去县城找大京，才在大京的宿舍坐了一会儿，一个女的推门进来，大京介绍说："赵玫，这是我的未婚妻，你俩也交个朋友吧！"赵玫当下如雷轰顶，看那女的，天生风流，花枝招展，相比之下，自己一派委琐，强装欢颜，起身让座。那女的则伸手过来要握，她唰地脸红，手却藏在身后，说："咱农

民不兴这个的。"相坐片刻，赵玫瞟见人家目挑眉语，便看也不是，不看也
不是。那女的说："大京，约好不是要出去照相吗？"田大京说："赵玫，咱
一块儿去吧。"赵玫知道自己在这里不能久待了，就推辞着先走了。

走到街上，已昏昏如痴，仇恨田大京竟无意于她。恨过了，又觉得不
能恨，便又哭那女的是妖，是魔，是狐狸精，占了她的好事，恰此日县城
开公判大会，宣判了五名罪犯死刑，当刑车从街上驶过开往城南河滩执行
时，赵玫在人群里看见了死刑车上有一个女的。那女的极美丽，白净皮肉，
一头秀发，围观者先是看呆了，再是遗憾，再是感叹女人比男人更凶残。
一打问，原来这女的因奸杀夫。赵玫当下眼前发黑，叫了一声"鸡保！"就
瘫在地上。

赵玫在县城的刑车下瘫软，且叫了一声"鸡保"，正好让瘪家沟的一
个人在那里看见，回来后就说知了寿星老贯。寿星老贯在侄曾孙死后，也
多少怀疑死得奇怪。听了这话，就又察看了当时放梯子的地形，又将回
家后痴痴呆呆的赵玫叫去询问当时跌下来的情况。赵玫心慌意乱，半夜里
悄悄就逃离了大家，限天亮赶到县城。她要再见一面田大京，当面提出要
他娶她的要求。但是，田大京不在宿舍，隔壁人讲，大京昨晚到未婚妻家
去，一直没回来。赵玫披头散发开始在县城大街上走，她也不知道她要往
哪儿去，这么走着又要干什么。后来，竟瞧见寿星老贯和几个瘪家沟的人
在十字路口，她明白一定是事情败露，他们来追寻她了。一不做，二不
休，慌乱中赵玫突然冷静了，她决定投案自首，到公安局去。公安局的大
楼在街西头，是田大京他们才盖起的全县城最高建筑。赵玫从大门进去，
上了二楼，已经看见写有"刑事科"的门牌了，她却在心里叫道：我有什
么罪？我有什么罪？！咚咚又上了三楼，又上了四楼，又上了五楼，她爬
上了楼顶。

一分钟后，她从楼顶跳下去了。

当赵玫尸体运回瘪家沟，瘪家沟村人全惊呆了。已经多少年不再流泪

的寿星老贯也热泪纵横。他们不明白赵玫为什么竟会死在远远的县城里？村人将她埋在鸡保的墓旁。

<h1 style="text-align:center">八</h1>

赵玫死后，瘪家沟村人一直认为是谜，后来张德仁的老婆发高烧，昏迷不醒，突然口气大变，说她是赵玫，进行了一番"通说"（鬼魂附身后借他人之口说的话），讲了事情的原原本本，村人才恍然大悟，说了赵玫的是，也说了赵玫的不是。

这就让腰院的张治五心里忐忑不安了。

治五女儿多，四十岁上得子，疼爱得如宝贝一般。待到六十三岁上，给儿子娶一房妻，日夜指望在有生之年抱上孙子，但儿子结婚三年，没有身孕，老少夫妇不知在瘪神庙里烧了多少香，磕了多少头，也无济于事。儿子读过书，信了科学，让媳妇上县医院去检查，诊断无病。儿子就惊慌了，自己又去检查，原来问题出在他身上，他只有一个睾丸！悄悄回来对爹说了，治五道："儿呀，这事万万不可声张，也绝口不向你媳妇提说一字！你要装作无事一般，脸上不要哭丧，笑笑的。"治五这般叮咛儿子，自己却愁得吃睡不宁。自己又跑到县医院，询问医生此病能不能治？医生说：能治，就要接补一个睾丸。治五作难了：到哪儿去找睾丸？总不能杀一条狗吧！蹲在医院门口抹眼泪。后来便又找到医生，说："接补一个什么人的睾丸才行？"医生说："只要是人的睾丸都行。"治五说："罢了，罢……"要说什么却没再说出来。

治五想到的是摘除自己的给儿子，话到口边，思想县城地方小，这事传出去，瘪家沟村的人少不得知道，就住口了。回家和儿子商量，说要到省城医院去做手术，儿子不愿意，认为不能让爹干那事。治五说："那谁肯呢？就是肯了，不走漏风声吗？爹年纪大了，再说摘掉一个又要不了爹的命！"父子俩瞒着村人和家人，扬言去省城跑生意，就走了。

在省城医院做手术，住院费昂贵，所带钱不够，治五想来想去，找到炳本，炳本是木匠炳根的哥哥，属瘪家沟除石夫以外又一名上过大学校的知识人。石夫死后，他就是一帮年轻人中的骄傲了。他学的是理工科，毕业后分到一家研究所，研究得入痴入迷，甚至神神经经，娶妻生子后就极少再回瘪家沟村去。治五找着炳本，说是住院看病，前来借钱，炳本十分热情，交付了三百元，又招待一桌饭菜，又问要住哪个医院，手术后他要来探视呀！治五本不想告诉，见他热心热肠，方说了医院名称。

手术做得很成功。儿子到底年轻，伤口恢复得快，治五多比儿子住了半个月医院。因为时间长了，花销也大，治五不让儿子服侍自己，打发他先回家去了。这期间，炳本来探视了几次，几次询问治五得的啥病，治五搪塞过去。但炳本是搞研究的，与此医院大夫熟，一次偶尔碰着，又说起研究的课题。大夫说："有个新鲜事哩。"将治五父子的事说了。这炳本搞科研入了迷，遂即来就对治五说："治五伯，你给儿子摘睾丸，怎么不给我说呢？"治五当下老脸赤红，无以言对。炳本说："你真了不起的，能想到这一点啊！这事对我启发大哩！治五伯，你就是没受过高级教育，要不你能当科学家的！"治五说："炳本，甭提了，让外人知道笑话的。这事咱那儿谁也不知道，你要能替伯守了这个口，伯让儿儿孙孙将来塑了你的像敬哩！"炳本说："我不企望你家塑我个泥胎，我的科研要是成功了，国家怕要塑我个金像哩！"

论起科研，炳本就激动，这一夜也未回去，说他从事的研究是怎样将世上的伟人，比如政治家、科学家、文学家、艺术家，凡一切脑袋瓜极端聪明的人永远保留下来。他说人的矛盾就是生与死的矛盾，生怎样战胜死，长生不老是不可能的，灵丹妙药也是没有的，但他设想要将伟人的脑细胞如何提取出来而培养，而储存，然后移植于一个新生儿身上，使这个新生儿或许长得与某一伟人一模一样，或许不一样，但大脑一样。他说，这种科研成功了，世界将为之改观，没有愚昧，没有文盲，没有落后。伟人群居，创造的社会财富将一日等于现在的一百年。

治五几乎没有听进去炳本的辉煌研究课题，他核桃一般的脸舒展开来，觉得自己干的并不是一件丢人的事体，看眼前的炳本是好人，有知识和没知识到底不同，他不会像还住在瘿家沟村的那些人说长道短的。

这一年夏天，治五在田里给水稻施肥，天热得厉害，施完肥后他就在胭脂河里洗身子，没想前一年的手术伤口因潮气却发炎了。发炎了却不好对人讲，也不好去镇上求医敷药，那阴囊感染，病沉重得奄奄一息了。

儿媳并不知爹患的甚病，请医生爹又不允，就日夜端吃端喝，其间她已怀孕，在爹床边说话，不时吐唾沫，想呕吐。治五让儿媳去歇了，将儿子叫来问："你媳妇是有了吗？"儿子说："有了。爹。"治五笑了笑，头一摆，眼睛闭上睡着了。治五这一睡着，再没有醒，脸上还是笑笑的。

治五的孙子生下来了，体质不佳，村里人说，长得又像其父，又像其爷。

搞科研的炳本到底还没有研究成功，当弟弟炳根有了对象，领着去省城旅游结婚时，向哥哥说起村里的变化。炳本问："治五伯好吧？"炳根说："夏天就殁了。"炳本问："他得了孙子了？"炳根说："有了，他儿媳开怀迟。治五伯是四十得子，到儿子辈，还比他早，二十七上就得了子。"炳本喃喃地说："治五伯是好人，善人，能人，能复制出他来让他物质精神不死就好了……"炳根说："哥哥说梦话，是人能不死？"炳本说："我说的是科研……你不懂的……"弟弟当然不懂科研，炳根就不言语了。

九

村上稍上些年纪的人相继都死了，不死的是老贯。

作家石夫在他的最后一部书稿《我的故乡》之中，很多篇幅就写到了这位老寿星："十五年前，我还在瘪家沟当农民的时候，父亲还在。他那阵身体很不好，冬天里犯气管炎，一口痰咳不出来，身子就揪缩得球一样，问过老贯爷的养生之道，回答是：一要饭后百步走，二要每晚一口酒，三要心里不记愁，四要老婆长得丑。爹说，老贯爷的老婆——我该是叫老婆的——确实长得丑，一对黑豆小眼，一对锄头脚。老贯爷讲的时候，描述道：她鼻涕流到前心，袜子溜到脚心，脑油腻到后心，见了恶心，出门放心。但这位丑老婆活到五十二岁死了，老贯爷整整三年每顿饭都是在她的灵牌前献上一碗，且端端正正摆好竹木筷子。爹还说，他小的时候，看见老贯爷是这个样子，他活老了，老贯爷还是这个样子。这又是多少年过去了，老贯爷还是我十五年前见到的样子，简直如瘪家沟大椭圆上的古槐，永远看不出它老！所以老贯爷在村口见到我，一会儿叫我的名字，一会儿又叫我爹的名字，我同他说话，也似乎不知道了我是我，我还是我爹？"

老寿星不仅将石夫与石夫的爹分不清，他几乎把死人和活人都混淆了。他夜里走到巷口，远远瞧见有人提着灯笼过来，说："是阿宝吗？"阿宝是牛过秤的儿子，说："是我，爷。"爷说："就你一个？黑天黑地的哪儿去？你爹在后边吗？"阿宝说："我爹？"牛过秤已经死了，阿宝疑惑地说。爷说："你爹见我和你说话，躲在那墙后了。牛过秤，我是老虎，不敢见我吗？"吓得阿宝夺路就跑，蜡烛倒下来将灯笼也烧着了。

恐怕是在人生的旅途中跋涉得太久，经见的太多，时间的概念已经完全没有了。村中人常常为某某事过了多少年，争吵不休，就说："问咱活先人去。"问他，他说："月亮垴原先站在院子中能看到的，现在站在屋檐下台阶上才能看到。风把月亮垴刮低了。"前五年，县文化馆的一位文物干部到胭脂河调查、收集古董，结果一件清代瓷瓶也没搞到，却意外发现了他，称他是活文物，写了一篇文章在省报上登了。这事为胭脂河一带争了荣光，也为县争了光彩，县政协的人送他一块儿表。表是马蹄表，老贯不

155

识字，让小学生指着表上的数字教他。但他老是记不住，末了说："不学了，我已经知道，那个短针走一圈就是一天的。"学生说："一天是二十四个小时。"他说："一圈等于一个白天，再一圈等于一个黑天。"学生说："按爷的说法，一年就是七百三十个圈了？"他说："你们学过习，算算，爷一辈子是多少个圈圈？"在他的观念里，表是天的浓缩，是天的平面图，长针是月亮，短针是太阳，月亮和太阳在转着，人将生出，人将老去。学生们看着他，想起课本上的古诗：洞中方一日，世上已千年，或许老贯爷已经成了人精了，是站在白天和黑夜之间的人，是站在生与死的界线上。或许他已经不是人了。

对于表的解释，以致使他看什么都是圈。治五死后，其孙子生出，他说："这孩子比他爷爷大。"治五的儿子不解，他又说，"治五死了，要托生还早哩，说不准下一世，又会在这家托生，该叫孙子是爷爷的。"所以，他自己有时感到自己活得太老，有时倒又认为自己是全村最小的人。有一年石夫在报上发了一首诗，村里人传着看，他让念给他听，诗中写道"离开了家乡我向北行，我越走越远，沉沉地背着乡愁"，他说："怎么是越走越远？孩子们在学校学习，说地球是个圆的，石夫他一直向北走，转一圈不是就走回来了吗？"

村人都说他这是老了，说话与正常人不一样了。可他年轻时，却是精明的一个。他是画匠，会画万字图，会画流水纹，画鱼画鸟，瘟神庙几乎是过十年就重新彩绘一次，到六十岁左右还能上高爬低地作画。自张家那一个媳妇在庙里祈祷说出有趣的话而使他跌下瘸了腿，才收拾了笔，不画了。

停止了画业，他养过一头种猪，远近的人都来为自家的母猪配种。配一次，收五升苞谷，两升喂了种猪，三升留给他享用，以此为生。他所分得的那一份地，什么也不种，单栽瓜秧，收北瓜冬瓜，用瓜种绿豆做一种"懒饭"，每顿吃两大碗，竟吃得脸上很有颜色。常常做饭时，门口来了配种的，他要一边骂着来得不是时候，一边就牵起种猪来配，种猪总是先寻不着那母猪的某一部位，将精液射偏，他就用手去稳住那鞭杆，弄得一手脏东西。配完了，手不洗又去做饭，饭的第一碗必是慰劳种猪的。有了马蹄表后，邻家的孩子可以来查看去学校上课的时间了，再一个功能就是被种猪派用上了。他说："来配种的多，这一家的母猪刚配过了，那一家的又来，猪哪儿架得住？现在是走半圈才许配一次的。我有表啊！"

不管怎么说，老贯总不死。他不止一次笑话过大官人，何必用气功呢，也耻辱过牛过秤。村里谁死都见过，见过就会大瞧不起。搞科研的炳本在多年的惨淡经营中一无收获，只得暂时停下工作，回来要研究研究老贯长寿的秘密，怀疑起世上会不会真有了永不死的人。老贯热情待他，领着去看了自己的墓，墓是早年拱打的，如今已坍了。看了放在楼上的棺木，老贯说，这是制的第三副了，一副给了赵玫的爷爷用去，制了第二副又放朽了。炳本谈得兴趣，夜里就睡在老贯家。这前院的房子是翻修了三次的，屋内很暗，四壁漆黑，窗子极小，冬夏不曾糊纸，门挺大，没有门关。等炳本在炕上呼呼睡觉了，不知什么时候醒来，月亮明晃晃地从门缝泻进，在门道处闪一个惨惨的白三角，他恍惚间觉得炕角坐着一个人，很是一惊。看时，是老贯，盘脚搭手坐在那儿睡得正香。炳本忙摇醒他，说："爷，是我占了你的炕，你没能睡好，现在你睡吧，我坐一会儿，天就亮了。"老贯说："我这不是睡得好好的吗？"炳本说："坐下瞌睡不解乏的。"老贯说："睡好了。你要没瞌睡，咱再聊吧。"自此，炳本才知道老贯睡觉从来都是坐着睡的。两人就又聊开来。到了第二天饭辰，老贯又一定要让炳本吃饭，照旧在锅里熬了一个北瓜，又烧了一个白菜汤。他切白菜不用刀，双手一扭就煮了，讲究原形原质。

炳本一边吃着，一边说："爷，你就这样生活，怎么身子还如此好？"

老贯说："我也说不清，你瞧瞧我这头发，今春以来又变黑了。这一嘴牙已经是换了三次了。"

157

炳本吃惊地问："爷，你老真是奇迹，永不会死吗？"

老贯说："我还是不知道。"

炳本突然问："那，你老想没想到死？"

老贯呵呵大笑起来，说："想怎么着，不想怎么着？你这孩子……"

猪圈里那头种猪在嚓嚓地叫起来了。

老贯说："它肚子也饥了！"遂将碗端出去，将剩北瓜倒在槽里。炳本也跟出来。

老贯说："我眼看着村里的人一批批老了，死了，我先前也觉得我活得太长了。为什么叫我不死呢？人说阎王爷有个花名册，每天翻着用朱笔点，点到谁谁就死了。我疑心是不是阎王爷把我的名字写在装订线外边了，一直未发现。可看得人死得多了，我倒不在乎我活的是长是短哩。你瞧瞧，这门外的杨树，柳树，柏树，这花花草草，这屋顶瓦棱上的草，这石头，这猪，鸡，连地上的蚂蚁，身上的虱子，他们到这世上和人有什么不一样的？都一样的。天让你活个什么，你就活个什么，让你活多久，就活多久，是不是？就为这，我琢磨通了，生也没高兴的，死也没苦痛的。那大官人，你越想活，你越苦痛，那赵玫，想死不想活，你也苦痛。是不是这个理儿，炳本？你是有文墨的人，你倒来问我，我知道什么，你偏还要问我！你要问我是什么的话，爷倒问你，你能说这树，这草，这石头，这天上的太阳、月亮都是什么？"

炳本一肚子学问，能言善语，这会儿却回答不上来了。

但一心想将来获得诺贝尔奖的，想将来人类给他塑个金像的科研工作者炳本，似乎又明白了什么，他突然萌生一个念头，回城后要写篇论文发表。

这当儿，恰有人去瘪家沟内的瘪神庙里烧香祈祷，用木槌撞击那一口铁钟，其律悠悠。

十

又是一年过去了。瘪家沟似乎极平静，太阳照例每日从烽火台那儿出山，黄昏从月亮垭那儿坠下，人们白日劳作，夜里在不点灯的土炕上悄悄做享受的动作。到了清明时节，正是地气上升，春情勃发的佳期，寿星老贯家的生意极好，前来为母猪配种的人家排了队，老贯每日熬三大锅玉米粥，分七次为种猪进食。这种猪愈是配种，情欲愈强烈，前来受配的母猪，或许去年已经来配过，或许是去年配过之后所生下的母猪的女儿，或许竟也是受配后的母猪女儿的女儿。它们不计较它们的父亲和爷爷，受了孕，就怀大肚子，生六个七个崽儿，甚至是十个十二个。老贯看着种猪，真担心它承受不了了，可一见种猪对母猪那么冲动，而母猪的主人又言语那么诚恳迫切，他只好再不以马蹄表为限制，一日配一次，一日配几次。

一个春天过去了，种猪却倒地死了。

种猪死得很惨，是从一头母猪背上跌下来死的。老贯还以为种猪方位没找准，去帮忙时，见种猪一口白沫，眼睛已经闭上了。

老贯当时感觉头脑上被什么击了一下，就叫了一声，也昏过去。醒来，满脸泪水，骂受配的母猪，骂母猪的主人，当母猪的主人慌忙放下五升玉米要逃走时，他是将玉米像泼水一样泼在那主人的身上。

他没有宰杀种猪，而为它做了棺材，自己背着到门前的榆树下掘坑葬埋了。此后，老贯得了一病，这病十分奇特，要睡就睡，要醒就醒，一睡竟睡半年，身子僵硬，气息活动，要醒则又是半年不睡，日日吃了饭就坐着，坐着饥了就做饭吃。先是村人都来照看独鳏老人，到后来也慢慢怠了，似乎觉得他活着也是死，死了也是活，就一日日淡忘去。

几乎与此同时，中国西部最大的城市里，科研工作者炳本，夜以继日

159

地待在工作室里苦思冥想。他的那篇论文写了老贯长寿的秘密，但却极瞧不起老贯，认为那是一种"惰性的活"。"人是万物之灵，人是创造的，人能征服这个世界和这个世界的一切"，他这么坚信着自己的信念，却终没有完成自己辉煌的科研项目，又从工作室走出来，到一些集会上，到街头，甚至游走全省各县，回到瘪家沟，讲演自己的设想。这讲演先是极吸引人，听众颇多，一片喝彩，之后，人一见他就哗地散去，怀疑他讲演得激动了，会用针管将自己的脑细胞抽去。

瘪家沟的人最后一次看到炳本的时候，他是独自一人往胭脂河后的仙山上去了。

而瘪家沟的瘪神庙里依旧香火缭绕，村中的人开始在神庙的左右开设了旅馆、饭店、纸铺，大做生意，皆大发财。

一年一度，石夫的前未婚妻，杨珺，携着现在的丈夫坐船到胭脂河渡口，再往石夫的坟上祭奠，依旧忘不了带有石夫的遗著《我的故乡》。这一年，见胭脂河渡口船已是机动船，岸上又建了八角飞檐的休息亭，又有了个体摄影户，大发感慨。进了瘪家沟村，新房幢幢，老少穿着新鲜，甚为惊讶，问村中人缘故，回答说："现在是富了嘛！"杨珺说："是大官人生前拨款照顾的结果吧？"村人无语，却用手遥指烽火台、月亮垭以及仙山。远近并没有一棵成材的树，亦没有成片的梢林。那人却拂手远去了。夫妇俩好生疑惑，遂听见钟声飘来，鞭炮作响，寻思那瘪神庙还在，香火还盛，便前去观看，几乎被庙前庙后的小吃小卖摊铺惊昏！杨珺蹲在一家瓜子摊前买瓜子，摊主就是西贝，收拾得头光脸净，杨珺是认识的。

杨珺说："西贝，你也做买卖了？"

西贝说："都做买卖呀！"

杨珺说："买卖还好？"

西贝说："行。我是小打小闹，亏了人多。"

杨珺拿了一包瓜子边吃边走，吃到最后，要丢掉包装纸时，突然目光盯在纸上立定不动了。她看见这包装纸正是石夫的遗著上拆开的一页。